INESPERADO

Daiane Coll

Inesperado

TALENTOS DA LITERATURA BRASILEIRA

novo século®

São Paulo, 2014

Copyright © 2014 by Daiane Coll

COORDENAÇÃO EDITORIAL	Letícia Teófilo
DIAGRAMAÇÃO	Claudio Tito Braghini Junior
CAPA	Monalisa Morato
PREPARAÇÃO	Débora Donadel
REVISÃO	Patrícia Murari
	Novo Século

Texto de acordo com as normas do Novo Acordo Ortográfico da Língua Portuguesa (Decreto Legislativo nº 54, de 1995)

Dados Internacionais de Catalogação na Publicação (CIP)
(Câmara Brasileira do Livro, SP, Brasil)

Coll, Daiane
  Inesperado / Daiane Coll. -- Barueri, SP : Novo Século Editora, 2014. -- (Coleção novos talentos da literatura)

1. Ficção brasileira I. Título. II. Série.

13-13573   CDD-869.93

Índices para catálogo sistemático:

1. Ficção : Literatura brasileira   869.93

2014
IMPRESSO NO BRASIL
PRINTED IN BRAZIL
DIREITOS CEDIDOS PARA ESTA EDIÇÃO À
NOVO SÉCULO EDITORA
CEA – CENTRO EMPRESARIAL ARAGUAIA II
Alameda Araguaia, 2190 - 11º andar
Bloco A – Conjunto 1111
CEP 06455-000 – Alphaville Industrial – SP
Tel. (11) 3699-7107 – Fax (11) 3699-7323
www.novoseculo.com.br
atendimento@novoseculo.com.br

*Ao meu filho Enzo,
o mais recente "grande amor da minha vida".*

Aos meus filhos Isabela, Giulia e Enzo, por me ensinarem a amar incondicionalmente.

Ao Julio, pelo amor, companheirismo e apoio, mesmo quando minhas ideias parecem não fazer sentido.

Aos meus familiares, que mesmo longe sempre dão um jeito de participar dos meus objetivos, seja com palavras de apoio, seja transformando-se em vendedores.

Aos amigos, que tornam a vida mais leve.

À Editora Novo Século, por mais uma vez se juntar a mim nesta aventura.

Aos blogueiros, pelo marketing mais do que especial.

Aos leitores Isabela, Deise, Vitória, Rosa, Andreia, Lucineide, Sarah, Sabrina, Letícia, Carol, Carla, Giovana, Fran, Nay, Ká, Mirella e Leonardo, os primeiros conduzidos à nova aventura dos Gheler.

À *fantástica escritora* Cynthia França, você têm minha amizade e gratidão eternas.

E por fim, e não menos importante, aos meus leitores. Não dá para descrever a emoção de ser surpreendida pelas declarações de amor à *Irresistível*. Esta humilde escritora agradece!

Sumário

PRÓLOGO 11

1 VOLTA AO MUNDO 13

2 ITINERANTE 28

3 VILLA MARIETA 42

4 SAM'S 56

5 INDEPENDÊNCIA 74

6 DESCONTROLADOS 88

7 ALERTAS 96

8 INESPERADO 108

9 FUGA 121

10 JOSEPH 132

11 HOTEL FAZENDA GHELER 143

12 REENCONTRO 155

13 DESCOBERTA 169

14 ROBERT 186

15 DANIEL 196
16 DOIS VIZINHOS 208
17 ESCONDIDOS 221
18 AMIGAS 235
19 OS GHELER 246
20 BETTINA 259
21 RECOMEÇO 272
22 TUDO OU NADA 287
23 DEFINITIVO 298
SETE MESES DEPOIS... 306

PRÓLOGO

"(...) O fogo na lareira de pedras mantinha o clima ameno e garantia a única fonte de luz.

— Laura. — Sua voz era quase um sussurro.

Interrompi o momento de paz e encarei-o. Estava com os braços abertos num claro convite. Sem conseguir resistir, me aninhei em seu peito, enlacei sua nuca e escondi o rosto em seu pescoço, enquanto seus braços se estreitavam ao meu redor. Seu cheiro era inebriante. Depois dos últimos meses, a segurança que senti quase me fez esquecer tudo. Fechei os olhos desejando que o momento durasse muito... muito tempo.

Estreitei o abraço, fazendo com que nossos corpos se moldassem. Guilherme soltou um gemido de pura satisfação e passou a acariciar meus braços, minhas costas, despertando sensações há meses adormecidas. Uma de suas mãos deslizou até a minha barriga. O bebê imediatamente se mexeu em resposta, como se tentasse de alguma forma estreitar o contato com ele. Afastei-me para olhar sua reação.

Guilherme sorria deliciado, e manteve essa expressão até o momento em que seus lábios encontraram os meus."

1
VOLTA AO MUNDO

Poucos dias de vivência em alto-mar me transformaram numa verdadeira marinheira. Não tive dificuldades de adaptação a novos fusos horários, não sofri enjoos com o balanço constante da embarcação.

O iate dos Gheler é de grande porte. Há sala de jantar, de estar, cozinha espaçosa e equipada com eletrodomésticos modernos, cinco suítes e escritório. Apesar de todo o espaço, não há muito a fazer. Para evitar o tédio dediquei-me a aprender tudo sobre navegação, na maioria das vezes ensinada por Cássio ou em sites da internet. Aprendi expressões como bombordo, estibordo, proa, popa, barlavento, sotavento, rosa dos ventos – o que significavam e como aplicá-las na prática.

Alex está mais reservado comigo do que de costume. Ainda não se perdoou pelo meu sequestro e por me obrigar a deixar para trás toda a minha vida. Somente quando meu corpo não apresentava mais sinais das agressões físicas que havia sofrido – quase um mês depois do resgate na selva venezuelana – é que ele voltara a me tocar.

Não tive noção dos dias que passaram. Na verdade nem quis contá-los. Quando o aniversário de Alex chegou, só me liguei na data porque Silvia fez um bolo para não deixá-la passar em branco. Havia passado meu aniversário de vinte e um anos no cativeiro. Também não havia percebido.

Quando estou na presença de Alex ou de sua família, faço o possível para demonstrar que estou bem, conformada com a vida itinerante e sem destino definido. Mas sozinha no quarto a saudade da minha família domina. O choro é compulsivo, podendo durar horas. Alex deve saber sobre esses rompantes de tristeza, pois nunca me interrompe. Só entra no quarto quando a porta está entreaberta.

Na maior parte do tempo permanecemos em mar aberto. As paradas são poucas e rápidas, sejam em ilhas ou continentes, e visam a compra de combustível para o iate e o reabastecimento da despensa. Conforme Alex previra, nossa primeira parada havia sido em Cabo Verde. Depois contornamos o continente africano até chegarmos ao Oceano Índico.

Numa tarde fui surpreendida quando Alex me mostrou nossos novos documentos de identidade. No momento somos uma família de pesquisadores norte-americanos – os Smith. Nossa profissão justificaria, sem maiores perguntas, nossa passagem pelo mar territorial de alguns países.

– Dayse?

Havia acabado de ler os documentos e estava curiosa a respeito de alguns aspectos, entre eles meu novo nome.

– Típico nome americano.

– Por que americano?

A escolha não deixava de ser incoerente. A organização que nos caçava era norte-americana. A família de Alex não havia retornado aos Estados Unidos desde a fuga de Silvia, Robert e Luís, trinta anos atrás.

– Porque você fala inglês fluente. Isso nos ajudará se algum dia fizerem perguntas a você.

– Como conseguiram estes papéis tão rápido?
– Analisei os demais nomes, todos com a mesma letra inicial, decerto para facilitar minha memorização: Robert se tornara Richard; Silvia – Sarah; Luís – Liam; Ema – Evelyn; Cássio – Curt; Alex – Adam.

– Com dinheiro tudo se consegue. – Alex permaneceu mais alguns segundos concentrado na leitura de um mapa náutico, antes de enfim resolver olhar para mim. – Está curiosa hoje.

Dei de ombros. Na verdade não estava tão curiosa assim, mas nos últimos dias meu marido passava tantos momentos pensativos, num silêncio enlouquecedor, que quando conseguia arrancar algumas palavras dele, aproveitava sua boa vontade como uma boia salvadora.

Dentro do barco não temos tarefas definidas, mas algumas são específicas: a condução do iate cabe a Robert, o preparo das refeições fica com Silvia e a limpeza das suítes é responsabilidade de seus ocupantes. Tomei para mim a limpeza da área comum, apesar dos protestos de Alex. Depois de uma breve discussão, onde deixei claro que não sou uma inútil, ele não tocou mais no assunto. Silvia me parabenizou pela determinação.

Sofro pelas restrições de viver há meses num barco, mas minha agonia não é nada comparada à de Cássio. Ele, que há muitos anos decidira não viver recluso, de repente teve sua liberdade toldada. Assim como eu, Cássio jamais se queixa, mas foram várias as vezes em que o flagrei olhando desejoso para o continente. Infelizmente, se afastar da família está fora de cogitação, ainda mais quando todos andam tão estressados.

Em função da gravidez, poupamos Ema de qualquer esforço físico desnecessário. Robert, como médico, acompanhou todo o desenvolvimento do bebê. Pelos exames de ultrassom seu nascimento foi previsto para o mês de maio – uma menina que Ema decidiu batizar de Samantha. Para nossa imensa comoção, na madrugada da data especificada por Robert, Ema começou a sentir contrações.

Eu e Alex dormíamos, quando fomos acordados por passos apressados e vozes alteradas do lado de fora do quarto. Imediatamente alerta, ele pegou a pistola que mantém ao lado da cama, antes de caminhar ágil até a porta.

– O que está havendo? – perguntou em voz alta para Silvia que passava por ali naquele momento.

– O bebê vai nascer! A bolsa da Ema estourou! – ela respondeu entusiasmada.

Eu, que havia permanecido na cama, me encolhendo contra a parede em estado de pavor, voltei a respirar. Alex também se acalmou de imediato. Foi visível a mudança ocorrida nos músculos de suas costas: de tensos a relaxados em questão de segundos. Porém, quando se virou em minha direção, seu rosto ficou novamente tenso.

– Laura! Calma! Não foi nada! – afirmou, antes de largar a arma e me abraçar.

Tentei amenizar a expressão, mas minhas mãos tremiam incontroláveis.

– Estou bem – afirmei, mais para mim mesma.

– Você está branca! – Espalmou a mão na minha testa. – Vou buscar água pra você.

– Não precisa! Estou bem mesmo! – apontei para a porta. – Vá ver se eles precisam de alguma coisa.

– Você não vem? – perguntou, preocupado.

– Daqui a pouco. Me dê alguns minutos.

– Tem certeza? – Não parecia seguro em me deixar sozinha. Ao mesmo tempo, era óbvia sua preocupação com a irmã.

– Tenho! Vou me acalmar mais rápido se você não ficar em cima de mim, me olhando dessa maneira!

O tom irritado pareceu convencê-lo.

– Está bem. Não demore.

Assim que Alex saiu, respirei fundo antes de me levantar com pressa e ir ao banheiro lavar o rosto com água fria. Não surtiu o efeito desejado: me acalmar. As lágrimas vieram incontroláveis. Naqueles poucos segundos de pânico havia revivido todos os horrores passados no cativeiro. Preferia morrer a passar por aquilo de novo.

Liguei o chuveiro para disfarçar minha demora e acabei tomando banho. Quando acreditei estar bem o suficiente para disfarçar o desespero pelo qual havia passado, saí do quarto. Encontrei todos sentados calmamente na sala. Ema, com as pernas erguidas num pufe, segurava a mão de Luís.

– Laura, desculpe! Não queria acordar você – Ema se justificou assim que entrei no aposento. – Pelo jeito vai demorar.

– A Samantha não quer nascer? – perguntei sorrindo. Minha voz estava calma, em contraste com meus sentimentos.

– Ela pretende nos fazer sofrer – respondeu Luís. Apesar do nervosismo, seu sorriso era enorme.

– Ela deseja uma entrada triunfal! – comentou a ansiosa Silvia, sentada ao lado de Ema.

Sentei-me ao lado de Alex. Ele observava com cuidado minha expressão, tentando adivinhar meu estado de espírito. Evitei encontrar seu olhar.

Como havíamos perdido o sono, permanecemos em vigília noturna contando piadas e relembrando casos engraçados. Ajudamos Ema a passar o tempo e superar as dores das contrações, que eram rigorosamente acompanhadas por Robert. Era a primeira vez que todos estavam reunidos de forma descontraída, desde a nossa fuga da Venezuela. Se vivêssemos sempre assim, seria mais fácil superar a distância da minha família no Brasil.

— Você demorou — Alex comentou em voz baixa.

— Fiquei desnorteada. Resolvi tomar banho pra acordar de vez. — Meu sorriso pretendia passar tranquilidade.

— Está mais calma?

— Sim.

— E essas olheiras?

Não havia como enganar Alex.

— Falta de sono. Não se preocupe.

Ele não pareceu convencido. No momento em que estivéssemos sozinhos, me faria dizer a verdade.

— Tive meus três filhos em casa — relatou Silvia, se dirigindo a mim.

— Sério?

— Sim. Morávamos numa fazenda na Austrália, afastada da cidade. Isso não fez diferença. Não poderia tê-los num hospital comum, mesmo.

— Por que não?

Todos me olharam como se eu tivesse perdido um detalhe lógico.

— Imagine o susto dos médicos ao presenciarem um bebê recém-nascido quebrando o vidro da incubadora com um chute? — explicou Robert, rindo.

A imagem me fez sorrir.

– Não imaginei que nascessem tão fortes.

– Desde bebês, Laura. Tivemos de adaptar muitas coisas em casa. Mas antes dos dois anos, já tinham consciência suficiente para saber o que podiam ou não fazer.

– Mesmo assim você foi corajosa em ter os filhos em casa. Não sei se conseguiria.

As palavras saíram antes que pudesse contê-las. Alex ficou tenso ao meu lado, mas Silvia desatou a falar, não dando tempo para os outros perceberem.

– Não estava sozinha. Robert estava comigo. Meu médico particular.

– Não esqueça, Laura. Além de geneticista brilhante, meu pai é um médico enrustido – afirmou Ema bem-humorada, antes de começar a gemer e se entregar a mais uma contração.

Assim como Silvia, permaneci o tempo todo ao lado de Ema. Ela, por motivos óbvios, na sua ligação íntima de mãe e filha. Eu, porque não queria ficar sozinha com Alex. Ele não havia parado de me estudar, como se eu fosse ter um colapso nervoso a qualquer momento.

Por volta das dez horas da manhã, Robert decidiu que era melhor Ema se deitar no quarto. Pela intensidade das contrações o bebê nasceria em poucas horas, e, deitada, ela ficaria mais relaxada. Como o quarto era pequeno, somente Robert, Silvia e Luís puderam acompanhá-la.

Cássio se ofereceu para fazer café. Mal ele havia saído da sala, Alex começou a se justificar.

– Prometo nunca mais deixar nada de ruim acontecer com você – falou, deixando claro que havia percebido todo o meu pânico.

– Desculpe, Alex. Me descontrolei.

– Você não tem de se desculpar. É natural se sentir ameaçada depois de tudo o que passou.

– Não me sinto ameaçada. Foi só um susto.

– Não precisa me enganar. – Seu olhar era triste.

– Não estou te enganando. Não sinto medo o tempo todo.

Ele aproximou seu rosto do meu, olhando-me diretamente nos olhos.

– Laura, eu durmo com você!

A princípio, não compreendi o que ele queria dizer. Depois me recordei de alguns pesadelos frequentes. Vívidas lembranças do meu período no cativeiro e da morte dos irmãos Ruan e Pablo pelas minhas mãos.

– Eu falo? – perguntei, temerosa pela resposta.

– Você chora. Diz o nome deles. Pede para pararem.

Não esperava que meus sonhos fossem tão nítidos. Eles torturavam Alex, noite após noite. Ficou claro o porquê de ele estar reservado comigo. Sentia-se mais culpado do que eu imaginava.

– Alex! Sinto muito! Eu...

– Você não tem que pedir desculpas! A culpa foi minha!

– Pare! Isso não é verdade!

– É verdade, sim! – afirmou, alterado, antes de se levantar e me dar as costas. – Deixei você sozinha!

Coloquei-a nessa vida! E cada vez que você tenta amenizar minha culpa, ela piora.

Nada do que eu dissesse àquela hora iria adiantar. Ele estava irredutível.

– Vou ver se Cássio precisa de ajuda na cozinha – avisei ao me levantar. Alex continuou observando o mar e não esboçou reação.

Ignorei a cozinha e fui direto para o quarto, onde me joguei na cama. Meu choro agora se direcionava a Alex. Se ele não parasse de se culpar, nosso casamento viraria um inferno.

Algum tempo depois Cássio bateu de leve na porta e entrou. Por sorte, eu já havia recuperado o controle. Estava sentada na cama, com o rosto apoiado nos joelhos. Observava o mar pela janela.

– O almoço está pronto.

– Obrigada. Não estou com fome – disse, sem lhe dirigir o olhar.

– Fiz seu macarrão preferido. Alho e óleo.

Com essa, ele conseguiu minha atenção e um sorriso simpático.

– Mais tarde almoço. Como está a Ema?

– Nada ainda – ele respondeu. Sentou na beirada da cama, de frente para mim. – A Sam está dando trabalho pra ela.

– É. Estamos precisando de mais um teimoso para agitar a família.

Ele entendeu.

– Tenha paciência com ele – pediu, tirando meu cabelo do rosto.

– Mais paciência?

– Mais, Laura. Ele não se perdoa pelo que aconteceu. Nem eu, pra falar a verdade.

– O problema, Cássio, é que essa culpa toda está acabando com a gente. Não sei até quando vou conseguir suportar. – Chorava de novo.

Ele me abraçou.

– Vocês se amam! Vão superar isso.

– Fale isso para o seu irmão – pedi, mais controlada. – Superei tudo pra ficar com ele. Está mais do que na hora de ele entender isso.

– Te garanto, ele vai entender.

Beijei-o no rosto.

– Obrigada. Você torna a vida mais fácil nesse barco.

– Sempre a seu dispor. – Ele me soltou. – Falando nisso, vamos comer?

– Depois. Juro! – prometi, ante seu olhar desconfiado.

– Tudo bem. – Ele suspirou e caminhou para a porta. – Não se esqueça. Se o babaca do Alex te perder, estou na fila.

– Uma vez que não existo para o resto do mundo – dei de ombros –, a proposta é tentadora.

Ainda rindo, ele saiu do quarto, me deixando entregue a meus fantasmas.

Permaneci na mesma posição por um longo tempo. Precisava convencer Alex de que não o culpava por nada, de que não me arrependia de ter largado tudo pra ficar com ele. Mas como?

Meus pensamentos pareceram atraí-lo. Alex entrou e se sentou de frente para mim, no mesmo lugar que Cássio havia ocupado.

– Alguma novidade?

Ema estava tão controlada em sua dor, que acreditei ser possível não escutar quando Samantha nascesse.

– Não. Está tudo bem. – Ele segurou minhas mãos. – Vim pedir desculpas.

– Quero que pare de me pedir desculpas! – afirmei, irritada. Larguei suas mãos para segurar seu rosto.

– Me sinto culpado. Não consigo evitar.

– Então pare de se sentir culpado – afirmei, obrigando-o a me encarar. – Nunca te cobrei nada.

– Mas se não fosse por...

– Pare com isso! Não quero desculpas de você! – quase gritei.

– O que quer de mim, então?

Respirei fundo. Se não falasse agora, poderia não ter mais coragem.

– Quero que você me ame, Alex – minha voz era suave, mas decidida. – Quero que me faça lembrar por que escolhi ficar com você, mesmo ciente de todos os riscos. E, principalmente, quero que entenda, de uma vez por todas, que não me arrependo de nada. Eu o amo demais pra isso.

Alex fechou os olhos durante alguns segundos. Quando os abriu novamente, havia um brilho diferente em seu olhar. Sua expressão era decidida.

Ele me puxou para um beijo forte, possessivo. Lembrou-me os beijos que trocávamos em Curitiba, sem tantas ameaças reais à nossa volta. Suas mãos passearam ansiosas pelo meu corpo, antes de começarem a arrancar minhas roupas. Correspondi com a mesma urgência. Ignorando o resto do mundo, fizemos amor apaixonadamente.

Sem noção real do tempo, fomos acordados de nossos devaneios pelo forte choro de bebê.

– Sam! – lembrei.

Alex se levantou e me puxou com ele. Ríamos abobados, enquanto procurávamos nossas roupas espalhadas pelo quarto. Quando finalmente estávamos apresentáveis, me dirigi com pressa à porta. Antes que pudesse abri-la, ele me puxou para seus braços.

– Amo você!

– Agora acredito. – Meu sorriso era enorme.

Beijamo-nos rapidamente e saímos do quarto. Encontramos Luís emocionado, apresentando a filha a Cássio. Ao olhar aquele bebê todo enrugado e, mesmo assim, tão lindo, como todos de sua família, não contive as lágrimas – desta vez de alegria.

– Luís! Ela é linda! – declarei, enquanto passava o dedo de leve em suas bochechas.

– É maravilhosa! – confirmou Alex. – Parabéns, cunhado!

– Puxou ao pai, não puxou? – perguntou Luís, radiante.

– Na cor dos olhos – respondeu Cássio.

Logo Silvia veio buscar Samantha para deixá-la com Ema. Depois do aval de Robert, Alex e eu entramos no quarto para parabenizá-la. Não parecia que tinha acabado de ter um filho, tamanha a sua disposição.

– Ema, ela é divina! – afirmei enquanto a abraçava. – Parabéns!

– Obrigada, Laura. Deve saber que madrinha tem a obrigação de cuidar, tanto quanto a mãe.

– Vou fazer isso com enorme prazer.

– Nós faremos isso – disse Alex ao me abraçar pelas costas e beijar meu rosto.

Ema trocou um olhar indagador com Cássio e Luís, percebendo que algo havia mudado.

– Levaram milênios para sair do quarto depois que a Sam nasceu. – Cássio lhe relatou com malícia.

Soquei seu ombro para repreendê-lo.

– Até meu macarrão alho e óleo ela ignorou.

Mudei de assunto, como sempre fazia quando estava constrangida.

– Foi difícil, Ema?

– Que nada! – Ela fez gesto de desdém com a mão livre. – Quando Sam resolveu sair foi menos de cinco minutos. Ela é determinada.

– Posso segurá-la?

– Claro! Mas cuidado!

– Ei! Já segurei outros bebês! – automaticamente me defendi.

Ema revirou os olhos.

– Tenha cuidado com você – justificou. – Minha filha chuta com força.

– Ah! – consegui murmurar enquanto pegava Samantha nos braços e me apaixonava.

Alex nos observava com ternura. Foi um alívio perceber que ele pararia de se culpar.

– Onde estamos? – perguntei, colocando um dedo na palma da mão de Samantha, o qual ela agarrou por reflexo, com força inacreditável para um recém-nascido.

– No golfo da Tailândia – respondeu Alex.

– Lindo lugar pra nascer – falei, sonhadora.

Depois de comer o macarrão requentado que Cássio havia feito, ajudei Silvia a dar o primeiro banho em Samantha. Só quando ela e Ema estavam acomodadas foi que me permiti descansar.

Pela primeira vez em meses, não tive pesadelos. Com a chegada do bebê e o velho Alex de volta, a viagem prometia ser mais fácil daquele ponto em diante.

2
ITINERANTE

O sol estava forte e ofuscava com maldade meus olhos. Coloquei os óculos escuros e tentei focalizar Samantha. Ela corria com agilidade pelo extenso gramado atrás de seu cachorro labrador, Coquinho. O cachorro entendia que, se perdesse a corrida, Samantha o montaria como se ele fosse um pônei. Sem dó nem piedade.

– Sam! – gritei para chamar sua atenção. – Vai sujar o vestido!

– Não vou! – ela respondeu sem se dar ao trabalho de olhar para mim. Em vez disso, se jogou no ar para tentar agarrar o rabo de Coquinho, que escapou por centímetros. Samantha, em compensação, se esborrachou de cara na grama. Gemi pelo fim do seu vestido de festa.

Assisti desanimada a ela se levantar, dar uma gostosa gargalhada e imediatamente retomar sua caçada ao cachorro.

Ema iria me matar. Ela havia me passado uma única tarefa naquela tarde, que era a de cuidar de

Samantha. Ela e Silvia estariam enfeitando a casa para a festa em comemoração ao aniversário de quatro anos da menina. Calculei que, para amenizar os prejuízos, Samantha poderia usar o vestido que eu havia comprado de presente para ela. Ficaria linda do mesmo jeito.

Sem querer me estressar antes da hora com a reação de Ema, e como Samantha já estava suja mesmo, deixei-a correr livremente. Sentei-me com as pernas cruzadas no gramado impecável de nossa casa em Berna, na Suíça, para observá-la.

Assim como Ema, Samantha era uma miniatura exata da mãe. Tinha longos cabelos castanhos cacheados nas pontas, e olhos, também castanhos, brilhantes, que me lembravam os de Alex. Como previsto antes de seu nascimento, tinha muita maturidade para uma criança de apenas quatro anos, sendo extremamente determinada.

Relembrei seu espantoso desenvolvimento, desde seu nascimento no luxuoso iate dos Gheler, agora rebatizado com seu nome. Ela, que desde os primeiros dias de vida já dava sinais de reconhecer cada membro da família, aos cinco meses começou a engatinhar pelo barco, o que nos obrigou a voltar a morar em terra. Apesar de ficarmos o dia inteiro de olho nela, um descuido poderia ser fatal.

No início, moramos alguns meses em cidades da Nova Zelândia, depois Austrália, Grécia e Bélgica, até nossa parada recente na Suécia. Continuamos mantendo nossa fachada de pesquisadores americanos, o que não causava perguntas embaraçosas da vizinhança pelo fato de passarmos muito tempo em casa.

Alugamos casas grandes, com terrenos privativos, morando todos juntos para evitar uma possível abordagem solitária, como ocorreu comigo e com Ema, há quase cinco anos. Mais rápido do que poderia imaginar, me acostumei à vida itinerante e sem privacidade. Mas, principalmente, aprendi a não me apegar a coisas materiais. Quando Alex decide que é hora de mudar, quase tudo fica para trás.

Às vezes sofro recaídas nostálgicas, crises de saudade da minha família. Nessas horas recorro à internet para ver fotos e notícias sobre eles, disponíveis nas páginas on-line de Dois Vizinhos. Foi assim que presenciei meus irmãos se tornarem adolescentes lindos e o quanto meus pais envelheceram depois da minha *morte*, mas continuavam tocando a vida. Foi por meio deste site que também soube como a minha trágica morte fora noticiada.

Na página do site havia uma grande foto minha e de Alex, que fora tirada por minha mãe na casa do lago, num momento de descontração. Acima da foto havia o título: "Tragédia no mar do Caribe". Abaixo, uma curta legenda com nossos nomes e a data em que a foto havia sido tirada. Mais abaixo na página, encontrava-se o artigo dando detalhes do ocorrido:

> Faleceu na tarde desta sexta-feira a duovizinhense Laura Schumacher, de apenas 21 anos, completados

nesta mesma data. O jato particular em que Laura viajava com seu marido, Alexander Gheler, 27 anos, para os Estados Unidos, teria explodido no ar, antes de cair no mar do Caribe, em águas profundas. Partes da fuselagem do avião foram recuperadas, mas o mar profundo e revolto impossibilitou a busca pelos corpos. Além do casal, também faleceram no acidente mais cinco pessoas da família de Alexander, entre eles, seus pais. Laura era filha do estimado casal Paulo e Eliete Schumacher, e viveu toda a sua infância e adolescência em Dois Vizinhos, até que aos...

O restante do artigo fazia um resumo da minha tão breve vida. Alex havia sido ágil em pensar cada detalhe do acidente, ao mesmo tempo em que planejava meu resgate e o de Ema.

Foi também na internet que encontrei fotos da formatura da minha turma de Direito, na Universidade Federal do Paraná. Com outro nó na garganta, descobri que eu e Alex havíamos sido homenageados. Sentia-me mal com aquela situação, causando dor a pessoas que sofriam com a nossa morte, enquanto estávamos tão vivos.

Para não afundar em remorsos dolorosos, tomei para mim o encargo de cuidar de Samantha. Desde os primeiros dias, a cada folga que Ema e Luís davam a ela, eu assumia o controle, muitas vezes com o apoio incondicional de Alex. Samantha gostava tanto de nós que desde que aprendera a andar, aos oito meses, passara a fugir muitas noites de seu berço, indo se acomodar gostosamente em nossa cama, onde ficava até amanhecer. No início, Ema se sentia constrangida com a invasão da menina em minha privacidade com Alex, mas quando deixei claro que aquilo seria o máximo que vivenciaríamos de nossos instintos paternais, ela não se incomodou mais.

Conforme Alex prometera, ele raramente me deixava sozinha. Quando o fazia, era porque tinha assuntos urgentes para tratar, como conseguir documentos novos ou entrar em contato com o amigo que seu pai mantinha no Laboratório. Segundo ele, seus companheiros não tinham pistas de nosso paradeiro, o que nos deu mais tranquilidade para seguir em frente.

Alex e Cássio haviam viajado no dia anterior para alugar uma casa na Itália, país onde fixaríamos nossa próxima residência. Eles haviam prometido voltar até às quatro horas da tarde, pouco antes do horário que marcamos para iniciar a festa de aniversário de Samantha. Como sempre, seria um acontecimento somente para a família.

Conferi as horas em meu relógio suíço – um presente de boas-vindas de Alex. Eles estavam atrasados. O medo de que um dia ele não retornasse mais começou a me dominar.

– Tia! – gritou Samantha do outro lado do jardim, impecavelmente cultivado por Silvia.

– O que foi, Sam?

Ela correu ágil em minha direção, antes de responder.

– Já posso entrar em casa?

– Está cansada? – perguntei, tirando grama de seus cabelos.

– Não, mas a mamãe vai ficar uma fera se vir o meu vestido.

– Vai mesmo.

– Pensei em entrar pelos fundos e me trocar antes que ela perceba.

Não consegui deixar de sorrir para a preocupação infundada dela. Como se fosse possível alguém brigar com uma criatura tão doce.

– Se você trocar o vestido, ela também vai perceber.

– Não vai! – afirmou teimosa.

– Mas ela comprou esse vestido especialmente para hoje. Claro que irá perceber se você aparecer com outro.

– Mamãe não presta atenção em detalhes. Reparei nisso.

– Como você reparou?

– Mês passado aconteceu a mesma coisa. Mas aí o tio Cássio me mandou trocar de roupa e prometeu levar, ele mesmo, o vestido sujo para lavar. Ela não percebeu a diferença.

– O Cássio fez isso? – perguntei, mordendo o lábio para não rir. Ele estava em minhas mãos.

– Sim. E como tenho um vestido quase igual a este, tenho certeza que ela não vai perceber. Quer apostar?

– ela perguntou, me estendendo a mão para selar um acordo. Mais um hábito duvidoso ensinado por Cássio.

– Contra você? De jeito nenhum. Eu sempre perderia.

– Me ajuda a entrar escondida em casa? – pediu, fazendo beicinho e se sentando no meu colo, antes de me abraçar.

– Não faço tudo o que você pede? – perguntei, retribuindo o abraço e beijando seus cabelos.

– Nem sempre.

Encarei-a e arregalei os olhos com exagero.

– Quando eu não fiz?

Ela pensou um momento.

– Quando não me deixou comer minhoca.

– Argh! Sam! Isso é nojento.

– Mas na internet eu vi gente comendo.

– Estou pensando em proibir você de acessar a internet. Nem tudo o que os outros fazem é correto.

– E como vou saber o que é correto?

– Perguntando pra sua família. É pra isso que estamos aqui. Não só pra te encher de beijos.

Abracei-a com força, impedindo que se afastasse de mim, e passei a enchê-la de beijos no rosto. Se a menina quisesse, sairia com facilidade do meu aperto de urso.

Naquele momento, avistamos Alex e Cássio entrando a pé no jardim. Samantha pulou do meu colo, atravessou correndo o gramado e, depois de dar um beijo rápido em Alex, puxou Cássio pela mão em direção à casa. Com certeza o convenceria a ajudá-la a despistar a mãe. De novo.

Esperei impaciente Alex chegar ao meu lado e estender a mão para me levantar direto para os seus braços.

– Você demorou – acusei, depois de um beijo incandescente. Se havia uma coisa que não tinha mudado com o passar dos anos, era o desejo que sentia por ele.

– Pense pelo lado bom...

– Não existe lado bom em ficar longe de você.

– Vou acreditar. Mas me referia ao fato de que já está tudo acertado para nossa mudança na semana que vem. Até lá não precisarei sair mais – explicou, antes de me beijar de novo.

– Para onde vamos?

– Milão.

– Milão? Pensei que iríamos a uma cidade menor.

– Quanto maior a cidade, mais rotas de fuga.

Revirei os olhos ante as preocupações dele.

– A casa é bonita?

– Divina. Você vai amar. Além de tudo, tem academia de ginástica nas proximidades.

Nova expressão de indignação. Odiava malhar, mesmo assim Alex fazia o impossível para me manter condicionada, fosse com musculação, natação ou corrida. Isso sem contar os treinamentos de tiro e defesa pessoal.

– Não adianta fazer cara feia. – Ele me ergueu em direção a seus quadris. Enlacei as pernas em sua cintura.

– Sou linda. É impossível eu fazer cara feia – argumentei, irônica, passando a mão por seus cabelos.

– Concordo. Mas está ficando pesada. – Ele sabia que aquele comentário iria me atormentar e seria suficiente para me convencer a fazer as atividades físicas determinadas por ele. Para piorar, simulou estar tendo dificuldades em me segurar.

– Então me solte – pedi, irritada, tentando me libertar. – Sempre terá alguém mais forte do que você disposto a me pegar no colo.

Bingo!

– Deveria evitar esse tipo de comentário sobre meus concorrentes – retorquiu, azedo.

– Por quê? – perguntei, satisfeita.

– Porque posso fazer coisas que não lhe agradarão.

– Não fique na vontade de fazer coisas comigo, Alex – sussurrei, antes de mordiscar o lóbulo da sua orelha.

Ele me beijou com vontade. Quando consegui voltar à realidade, estávamos indo em direção à casa.

– A Ema chamou?

– Não. Ainda tenho tempo de fazer tudo o que quiser com você.

– Agora não, Alex! – tentei sair do seu colo. – A festa vai começar.

Sorrindo, ele me abraçou mais forte, impedindo minha libertação.

– Só porque é a festa da Sam, e ela arrancaria a porta do nosso quarto. Mas depois você vai pagar por seu comentário.

– Com juros.

Depois de outro beijo cheio de promessas, Alex me colocou no chão e de mãos dadas seguimos em direção à casa. Uma das salas havia sido enfeitada com centenas de balões coloridos, e na mesa encontravam-se dispostas bandejas contendo deliciosos doces e salgados preparados por Silvia.

Samantha adentrou a sala pouco tempo depois, impecável, num vestido parecido com o primeiro. No olhar que Ema lhe lançou não existia nada que denunciasse que ela havia percebido a troca.

— Estou pensando em comentar com Ema sobre seu negócio clandestino de vestidinhos sujos — falei para Cássio, enquanto Alex tirava fotos da aniversariante com os pais.

— Você não faria isso — ele argumentou, ultrajado.

— Por que não?

— Porque acabaria com a única coisa em que sou melhor do que o *dindo*. — Ele fez careta em direção a Alex.

Um bom argumento, tive de reconhecer.

— Você vai acabar com a educação dessa menina.

— Para isso servem os tios. — Lançou-me um sorriso de menino, antes de se render aos encantos de Samantha, que exigia sua presença ao lado dela para mais fotos.

Depois de cantarmos parabéns, a menina se entregou com prazer à árdua tarefa de abrir seus presentes, que consistiam numa belíssima boneca de pano dos avós; uma corrente fina de ouro e um pingente com seu nome dos pais; de mim, o vestido de princesa; um urso de pelúcia de Alex e um enorme estojo de maquiagem de Cássio, do qual, sem dúvidas, ela gostou mais.

– Não vai provar o bolo, Laura? – Silvia perguntou do outro lado da mesa.

– Mais tarde.

Alex voltou sua atenção para mim, mas fingi não ter percebido. Seu comentário idiota sobre meu peso ainda me incomodava, e ele devia ter percebido.

Depois de ajudar Ema a deixar a casa em ordem, subi ao quarto para tomar um banho antes de dormir. Alex havia ficado no escritório com seus pais, Luís e Cássio, decidindo a melhor maneira de realizar a nova mudança. Como essas reuniões eram tediosas, sempre que podia, as ignorava.

Depois do banho demorado, permaneci uns quinze minutos decidindo o que vestir para dormir. Não querendo que Alex me achasse gorda novamente, optei por uma camisola curta, mas preta. Devidamente acomodada debaixo das cobertas, retomei a leitura de um romance em italiano. Tentava me aperfeiçoar no idioma que começara a estudar desde que Alex decidira se mudar para a Itália.

Pouco tempo depois, ele entrou no quarto e estendeu na minha direção uma generosa fatia do bolo que eu não me permitira comer.

– Não quero – afirmei, ao dar uma breve olhada em sua direção, antes de voltar minha atenção ao livro.

– Não quero que você se prive das coisas, por causa das minhas brincadeiras idiotas. – Ele sentou ao meu lado. – Me desculpe.

– Podem até ser idiotas, mas não deixam de ser verdade.

Ele tirou o livro da minha mão.

– Para uma mulher culta, você se deixa enganar facilmente.

– Está bem. Até o dia em que eu conseguir passar pela porta, vou continuar acreditando em você.

– Vai comer o bolo ou não?

Não queria dar o braço a torcer, mas já havia cogitado fugir de madrugada para a cozinha por causa daquela tentação recheada com doce de leite, chocolate branco e morangos.

– Vou – confirmei, estendendo a mão pra ele.

– Que pena – suspirou, me passando o prato.

– O que é agora? – perguntei, começando a me irritar.

– Acho que você me deve alguma coisa...

Comer o bolo ou pagar a dívida? Foi difícil escolher o que fazer primeiro.

O restante da semana passou rápido, com todos ocupados em encaixotar as coisas que seriam levadas, as que seriam doadas e as que continuariam na casa. Alex alugava casas mobiliadas, que, com nossos objetos pessoais, procurávamos transformar em lar.

Depois de tudo guardado, fui brincar com Samantha e Coquinho no quintal. Uma maneira de nos despedirmos de mais uma casa, enquanto os fortões da família colocavam as caixas num caminhão de aluguel.

– Tia? – Samantha, sentada em meu colo, chamou minha atenção, enquanto eu olhava distraidamente para a casa. Era uma construção magnífica, toda pintada de branco com vitrais em azul. Sentiria saudades.

– Fale, Sam.

– Um dia iremos morar para sempre numa mesma casa?

O que responder, numa hora dessas, a uma criança com a mente tão madura?

– Espero que sim. Mas só daqui a alguns anos.

– Gostaria que esses anos chegassem logo?

– Muito.

– Já morou vários anos numa mesma casa?

– Sim. Quando morei com meus pais.

– E onde eles estão?

– Na casa deles. No Brasil.

– E por que não os conheço? Por que eles nunca visitam a gente?

– Porque o Brasil fica longe.

– Gostaria de conhecer o Brasil.

– E vai. Você fala português tão bem.

– Inglês também.

– E agora vai aprender a falar italiano.

– Vou mesmo.

– Quando chegarmos à casa nova, só iremos conversar em italiano. Combinado?

– Combinado – ela concordou, feliz com a atenção que eu lhe dispensava.

Alguns minutos depois, Alex veio nos buscar.

– Está tudo pronto – avisou, antes de pegar Samantha em seu colo e me ajudar a levantar.

– Como iremos?

– Vamos no carro com meus pais e Ema. Cássio e Luís vão com o caminhão de mudança.

– Queria ir de caminhão – Samantha disse, decepcionada.

– Acredite, meu amor, não é nada confortável – alertou Alex, enquanto a colocava no chão. – Vá buscar seu cachorro para podermos ir.

Alex segurou minha mão enquanto olhava nostalgicamente para a casa, como eu havia feito poucos minutos antes.

– Sam queria saber se um dia iremos morar definitivamente numa casa – comentei, querendo parecer indiferente.

– Claro que sim. Vou trabalhar para que isso aconteça.

– Promete?

– Prometo. Com direito a uma casa só nossa.

Aquilo me animou.

– Mas daí eu teria de cozinhar, e morreríamos de fome.

Ele abriu seu sorriso perfeito. O meu preferido.

– Aceito correr o risco.

3
VILLA MARIETA

Foram poucas horas de viagem, sempre acompanhando o caminhão de aluguel. Chegamos a nosso destino no meio da tarde, e imediatamente fui contagiada pela magia do local escolhido por Alex.

A casa gigantesca ficava no subúrbio de Milão e era rodeada por cercas de ferro pretas, parcialmente escondidas por cercas vivas. Um gramado bem cuidado circundava a construção principal de dois andares, telhado escuro e janelas de madeira. Mas o que mais me encantou foi sua aparência centenária, com fachada de tijolinhos à vista num vermelho desbotado.

Passamos pelo portão principal, onde Alex estacionou na entrada para carros, logo atrás do caminhão de mudanças.

– O que acharam? – perguntou, enquanto descíamos.

– Linda! – respondeu Silvia. Eu e Ema fizemos coro.

– Velha! – retrucou Samantha. – Mas tem espaço pro Coquinho correr, então está bom.

– Vocês ainda não viram nada.

Para minha surpresa, no local onde se esperaria uma porta principal, havia um grande portão de ferro, o qual conduzia a um corredor coberto e estreito, de uns cinco metros de cumprimento, que se abria num largo pátio interno. O chão do pátio era revestido de pedras claras e tinha uma fonte no meio, que era ladeada por muitas flores coloridas e um banco de jardim.

Quando passei pelo portão, notei que havia uma inscrição na parte superior: "Villa Marieta", meu novo lar.

– Então? O que está achando? – perguntou Alex no meu ouvido, enquanto me abraçava. Estávamos no pátio.

– Deslumbrante! – Eu queria acrescentar que estava com a impressão de que ali nossa vida seria diferente, mas fiquei com receio de que ele entendesse que não havia sido feliz até então.

Havia três enormes portas duplas que davam para o pátio e outras menores nas laterais.

– Afinal, qual é a porta de entrada? – perguntou Silvia, entusiasmada como há tempos não a via.

– Essa porta... – disse Alex, indicando a primeira porta dupla à esquerda – é da sua casa e do pai. Essa... – apontou a porta do meio – é da nova casa do Luís, da Ema e da Sam. E esta... – em vez de indicar a porta à direita, ele preferiu olhar nos meus olhos – é da nossa casa.

Seu sorriso gritava que ele estivera ansioso para compartilhar aquela informação.

– Nossa casa?

– Sim.

– Temos uma casa?

– Sim! Não prometi?

– Prometeu, mas não imaginei que seria tão rápido. – Ainda estava com dificuldades em acreditar. – Vamos ficar mais tempo aqui?

– Eu a comprei. Se você se acostumar, podemos ficar o tempo que quiser.

– Jura?

– Juro.

Pulei em seu pescoço e lhe beijei entusiasmada. Ele me passou um molho de chaves e rapidamente destranquei nossa porta. Antes que pudesse dar o primeiro passo, Alex me pegou no colo.

– Para dar sorte – explicou.

Entramos numa imensa sala decorada com papel de parede verde-claro. Não havia móveis, o que tornava a escada em curva com corrimão de ferro escuro e uma enorme lareira de pedra ainda mais atraentes.

Sem me tirar do colo, Alex se dirigiu ao cômodo anexo, que era separado da sala por uma porta dupla de vidro, com cortinas de renda branca, iguais às das janelas. Tratava-se de uma cozinha branca com vários armários embutidos, prateleiras para garrafas de vinho, uma cristaleira magnífica e um fogão muito antigo.

— Funciona? — perguntei irônica.

— Já testei. Tudo aqui funciona.

Seguimos para a porta estreita ao lado da escada, que dava acesso a um banheiro surpreendentemente grande. Seus azulejos eram brancos com detalhes em preto, assim como o piso do chão. As louças de porcelana branca consistiam numa pia estreita, vaso, bidê e uma banheira no lugar do box.

— Não tem chuveiro?

— Só no banheiro do nosso quarto.

— Que fica onde? — perguntei, beijando seu pescoço.

Alex subiu rápido pela escada larga, que tinha piso em madeira avermelhada, assim como o restante da casa. Chegamos a uma pequena saleta que se abria numa sacada com vista para os fundos do terreno.

A visão das residências vizinhas, todas no mesmo estilo com seus tijolinhos à vista, e no meio de grandes jardins arborizados, encheu meu coração de paz.

— Você escolheu bem o lugar — afirmei com a voz embargada.

— Observando sua reação, tenho certeza disso.

— Ah! Está bem! — disse, despenteando seus cabelos, antes que chorasse. — O que mais tem para me mostrar?

Ele riu e me levou a um quarto pequeno, com paredes brancas.

— Quem sabe um escritório? — comentou sem entrar.

— Ou um quarto para quando a Sam quiser ficar por aqui.

Ele deu de ombros e parou defronte à última porta.

– Preparada? – perguntou com um sorriso maroto.

– Devo me preocupar?

Ele rolou os olhos e abriu a porta, revelando um quarto enorme e totalmente mobiliado.

As paredes eram revestidas com papel creme, que contrastava com o piso avermelhado, assim como o forro de vigas expostas, no mesmo tom de vermelho. Havia uma enorme porta de vidro dupla que conduzia a outra sacada, que neste momento estava oculta por cortinas de renda branca, semelhantes às do restante da casa. Havia um enorme guarda-roupa em pátina trabalhada, assim como uma cômoda colocada na parede em frente à cama. Em cima desta uma enorme TV com tela de LED.

Mas o que mais chamou minha atenção foi a cama. Alta, enorme, com uma cabeceira de ferro escuro, no mesmo desenho do corrimão da escada. Estava impecavelmente arrumada, coberta com uma colcha de listras beges e vermelhas, no mesmo tecido das enormes almofadas da cabeceira.

– Já estava mobiliado ou você fez tudo sozinho?

– Poderia dizer que fiz tudo sozinho, mas a cama já estava aí – ele respondeu, modesto. – Se não gostou podemos mudar tudo.

– Eu amei! – afirmei sincera. – Assim como amo você!

– Prove! – ele ordenou, se dirigindo para a cama.

– O quê? Agora?

– Agora – confirmou, antes de me beijar de uma maneira que me fez esquecer, por alguns segundos, o resto do mundo.

Mas só por alguns segundos.

– Alex! Não podemos! – aleguei, tentando me soltar.

– Estamos na *nossa* casa – afirmou, tirando a camiseta.

– Mas a Sam pode entrar.

– Tranquei a porta.

Tentei argumentar que eles podiam estar nos esperando, que Cássio ia fazer piada do nosso descontrole, mas a boca e as mãos habilidosas de Alex me convenceram.

– Que se dane.

Foi a última coisa que tive consciência de falar.

Nas semanas seguintes me dediquei ao prazer de mobiliar e decorar minha casa. Não esperava gostar tanto da tarefa, mas, com dinheiro e tempo de sobra, me esmerei em cada detalhe.

Como Alex ainda não se sentia seguro para me deixar sair sozinha, o obriguei a me acompanhar a dezenas de lojas, desde os centros comerciais mais modernos aos brechós mais inusitados.

– Você não se arrumou ainda! – constatei desanimada certa manhã, ao sair do chuveiro e encontrá-lo de pijama, lendo jornal na cama.

– Pensei melhor. Posso ter um AVC se tiver de encarar mais uma sessão de compras – respondeu, sem desviar os olhos do jornal.

– Poderia ter avisado antes. Não teria me arrumado.

Ele me estudou antes de falar, calmo, da mesma maneira que se falaria com uma criança birrenta.

– Eu disse que não vou. Não que você não pode ir.

– E quem vai comigo? O Cássio não tem paciência pra me acompanhar.

– Vá sozinha. Já conhece a cidade o suficiente para se virar.

Levei alguns segundos para me recobrar do choque.

– Sozinha?

– Está surda? – perguntou sorrindo, antes de voltar para o jornal.

Sentei ao seu lado e passei a mão em sua testa.

– Está com febre?

– Não. Aproveite minha generosidade.

– Você é quem manda.

Dei-lhe um beijo rápido. Estava me virando para sair quando Alex me puxou para o seu colo.

– Ainda não ditei as regras.

– Regras? Quantos anos eu tenho, mesmo?

– Não se faça de engraçadinha.

Tive de fazer um tremendo esforço para não rir. Ele estava falando sério.

– Tudo bem – suspirei. – Quais são?

– Não saia dos limites da cidade, não tire a aliança em hipótese alguma e não fale com estranhos. Principalmente se forem bonitos e sarados.

– Isso vale somente pra supersoldados ou homens em geral?

– Os dois. Deixe o celular ligado. Vou telefonar a cada dez minutos.

– Sim.

– E não demore. Nada de ficar vendo vitrines desnecessárias.

– Certo. Mais alguma coisa?

– Só uma.

– Sabia – me adiantei. – Não vou andar armada.

Foi sua vez de suspirar.

– Só ia pedir um beijo.

– Isso eu posso atender – aproximei minha boca da dele, só para me afastar em seguida. – Mas tem de ser rápido. Tenho muita coisa pra ver.

– Como quiser.

Uma hora depois consegui cruzar o portão de entrada do pátio. Silvia estava plantando flores no limite do gramado, enquanto Ema e Samantha davam banho de mangueira em Coquinho.

– Madame Rua vai sair? – perguntou Ema.

– Sim. E já estou atrasada. Tenho de comprar plástico adesivo para forrar os armários da cozinha, alguns vasos para colocar nas sacadas e...

– Pode parar. Já entendi.

– Estou admirada com a decoração de sua casa – disse Silvia, enquanto enxugava o suor da testa debaixo do chapéu. – Você fez algum curso?

– Não. Para falar a verdade nunca tinha me preocupado com esse tipo de coisa. Você gostou mesmo?

– Sim, Laura. E acho que deveria se especializar no assunto. Quem sabe não está aí uma profissão pra você seguir.

– Vou pensar na ideia.

– Se quiser, pode começar com a minha casa – ofereceu Ema, se aproximando e enxugando as mãos no shorts jeans. – Não tenho a mínima vocação para decoração.

– Se depender da mamãe nossa casa será cinza – Samantha fez coro.

– O seu quarto é supercolorido.

– Porque eu escolhi. O resto da casa, em compensação...

Ema mostrou a língua para Samantha, antes de olhar para a mãe.

– Cada dia a admiro mais, mãe. Se uma soldado mirim me estressa, imagine quatro.

– Na minha velhice você compensa. – Silvia sorriu, antes de se voltar para mim. – Gostaria de contratar seus serviços para ajeitar minha casa também.

– Mas sua casa é perfeita – argumentei, sincera. Era difícil Silvia não ser perfeita em alguma coisa.

– Mas precisa de modernidade. Vou deixar em suas mãos.

– Tudo bem – confirmei, desnorteada pelo compromisso assumido. – Vou sair, então. Não quero voltar tarde e correr o risco do Alex me deixar de castigo.

– Ele não vai junto? – Silvia perguntou, surpresa.

– Por incrível que pareça, não.

– As coisas estão mudando – comentou Ema.
– Pra melhor! – gritei a caminho do carro.

O dia voou entre escolhas, pechinchas e compras. Tudo temperado pelo gosto da liberdade de poder sair sozinha.

Alex não ligou a cada dez minutos, como havia dito, mas a cada vinte. Depois da quarta ligação não me dei mais ao trabalho de saudá-lo.

– Sim, estou bem. Não converso com estranhos, não tem ninguém me seguindo e daqui a pouco vou para casa.

– Se falar comigo assim de novo, não te deixo mais sair.

– Também te amo. Tchau.

Quando voltei para casa, no meio da tarde, ele me esperava no portão. Veio abrir minha porta.

– Precisava demorar tanto? – perguntou, mal-humorado.

Joguei-me em seus braços e o beijei. Ele relaxou.

– Havia muita coisa pra ver.

– O que mais há pra fazer em nossa casa? – perguntou ao me ajudar a tirar as sacolas do carro.

– Detalhes. Seu lado feminino é pequeno demais para querer saber quais são.

Alex grunhiu alguma coisa, mas não insistiu.

De madrugada, meu marido dormia sereno ao meu lado, e nem o som de sua respiração constante me ajudava a pegar no sono. Revirava de um lado a outro da cama, reconhecendo que não havia mais nada para decorar em casa. A não ser que começasse a trocar os papéis de parede novos, teria de encontrar outra ocupação para passar o tempo.

A ideia de Silvia, de que poderia me especializar na área de decoração de interiores, pareceu atrativa. Inconscientemente já a havia considerado. Minha bolsa estava repleta de panfletos sobre cursos intensivos, e até universitários, na área, os quais recolhera nas lojas por onde passara naqueles últimos dias.

Mas a boa sensação de que estaria fazendo algo que aprendera a gostar foi ofuscada pela provável reação negativa de Alex. O fato de ele ter me deixado sair sozinha naquele dia havia sido surpreendente, dado os níveis de segurança que gostava de manter em relação a mim. Mesmo que as saídas solitárias se repetissem – a recepção mal-humorada dele não me dava esperanças –, elas seriam raras. Então, como pedir a ele para sair todos os dias?

Não coloque a carroça na frente dos bois, pensei comigo. Primeiro precisava ter certeza de que queria isso. Como teste, aceitaria decorar a casa de Silvia e de Ema. Se elas gostassem e no final eu não estivesse enjoada daquilo, poderia tocar no assunto com Alex.

– Está inventando desculpas para ficar longe de mim, não é? – perguntou Alex na manhã seguinte.

Estávamos tomando café e comendo deliciosos pães de batata que Silvia havia acabado de assar, quando lhe comuniquei o plano de decorar as casas de nosso condomínio particular.

– Como se fosse humanamente possível eu querer isso.

– Eu e o Luís estamos bolando alguma coisa em que trabalhar. Vai ficar mais difícil poder sair com você.

O esperado. Ele não me deixaria mais sair sozinha.

– Qualquer fortão da família pode me acompanhar. São tantos que é quase impossível um não estar disponível.

– Aos poucos todos irão ter algo em que se ocupar.

– Não tenho de sair todo dia, toda hora. Esperarei paciente alguém estar disponível – reafirmei, ficando mal-humorada com o rumo da conversa.

– Essa não é a resposta que você queria me dar.

– E qual seria?

– Algo como: "Oh, Alex, sei me cuidar e não preciso de babá" – ele disse numa voz que deveria parecer feminina, aos ouvidos dele.

– Pegou leve na tradução.

– Hmmm. Que seja. De qualquer modo acho ótimo que você tenha uma ocupação. Mesmo que não seja para ficar ao meu lado o dia inteiro.

Queria dizer: "que consolo", mas no fundo sabia que não valia a pena irritá-lo tão cedo.

– O que estão pensando em fazer, afinal?

– Surpresa.

– Surpresa? Só pra mim?

Ele sorriu.

– Claro que não. Pra Sam também.

– Hahaha!

– E como não vou poder contar com sua mão de obra, me obrigo a contratar uma ajudante. Quem sabe uma loira sensual?

– Não deveria falar isso enquanto estou irritada e com a faca de pão na mão.

– Estou brincando! – ele afirmou, me abraçando. Por via das dúvidas, colocou a faca fora do meu alcance.

A falta de ânimo de Alex com meus planos foi compensada pelo entusiasmo das mulheres de Villa Marieta.

Iniciei as mudanças pela casa de Ema, onde a entrada de cores era mais urgente. Peguei-me planejando minuciosamente cada ambiente, fazendo desenhos coloridos no computador e, depois da aprovação de Ema e Samantha, saindo finalmente às compras.

A cada dia se tornava mais difícil sair de casa. Primeiro porque nem sempre havia alguém disponível para me acompanhar, ou, então, nas raras vezes que Alex me deixava sair sozinha, nem sempre havia um carro disponível. Comecei a desconfiar que ele fazia aquilo de propósito.

Quando considerei o serviço na casa de Ema terminado, ela fez questão de me presentear com um jantar especial. Era a primeira vez que Alex entrava lá desde que eu começara a trabalhar.

– Uau! – ele parou na porta, observando.

– O que foi? – perguntei alarmada.

– É a mesma casa?

– Claro que é, idiota! – Ema gritou da porta da cozinha.

– Reconhece agora o talento da tia Laura? – perguntou Samantha, em sua solidariedade feminina.

– Sempre reconheci – ele afirmou, fingindo que puxava a orelha da menina.

– Vai deixá-la fazer o curso, então?

Alex demonstrou genuína surpresa. Não consegui impedir meu rosto de corar.

– Do que está falando, Sam?

– De nada – me adiantei quando Samantha já abria a boca para responder. – Foi uma bobeira que eu disse alguns meses atrás.

– Bobeira?

– Sim. Vamos olhar o andar de cima. O quarto da Sam está todo mudado.

– Está sim, tio! Venha ver, por favor!

Alex cedeu aos apelos de Samantha e a acompanhou. Mas seu olhar deixou claro que o assunto não estava encerrado.

4
SAM'S

Na medida em que os dias passavam, sem sinais de perseguição no ar, Alex ficava mais relaxado em relação a nossa segurança. Cássio se viu livre para arriscar viagens rápidas, mas solitárias, sempre tomando o cuidado de não ir às mesmas cidades que costumava frequentar.

Quando não estava brincando de inventar decorações, eu estava cuidando de Samantha. Como tínhamos combinado, só conversávamos em italiano. Em poucos dias ela já havia se tornado uma italiana nata.

– Como você havia dito, ficaremos para sempre nesta *città* – ela afirmou em italiano, enquanto fazíamos um lanche em minha casa.

– Se depender de mim, sim!

– Não gosto quando tio Cássio sai. Não entendo por que ele gosta tanto de viajar.

– Essa é a natureza do seu tio. Quem garante que você também não vai ser assim quando crescer?

– Nunca vou querer ficar longe de vocês – afirmou, indignada.

Com um pano úmido limpei uma mancha de geleia de sua blusa, antes de continuar.

– Ser livre não significa ficar longe da sua família. Dá para dosar as coisas.

– Dosar? O que é dosar?

– Equilibrar. Deixar suas vontades em pé de igualdade. Ser livre e ficar com sua família – expliquei, erguendo as palmas de minhas mãos na mesma altura. – Entendeu?

– Uhum. – Ela balançou a cabeça, concordando, enquanto mordia com vontade seu pão.

– Mais suco?

– Não, obrigada. Posso dormir aqui hoje?

Surpreendi-me com o formalismo. Ela nunca havia pedido permissão para invadir nossa cama antes.

– Claro! Estávamos com saudades, mas não podíamos competir com seu quarto novo!

– Não é por causa do meu quarto que não tenho vindo – explicou, aborrecida. – Não quero atrapalhar vocês.

– Atrapalhar?

A menina permaneceu com a cabeça baixa e em silêncio Estava com medo ou vergonha de falar.

– Sam. Se não falar, vou achar que fizemos alguma coisa errada.

– Não fizeram.

– Mas... – insisti.

– É o papai e a mamãe. Eles disseram que agora sou uma moça e tenho de bater antes de entrar no quarto dos outros.

Imaginei a cena que deveria ter ocorrido.

– Eles estão certos. Todo casal gosta de ficar sozinho às vezes.

– Eu sei. Pra namorar. – Ela revirou os olhos.

Não acreditava estar tendo aquela conversa com uma criança de quatro anos e meio.

– É isso. – Não pude deixar de sorrir. – Mas como namorei bastante esta semana, gostaria que viesse dormir aqui. Além do mais, está frio pra você dormir numa cama sozinha.

– O Coquinho dorme dentro de casa. Ele não gosta de frio.

– Nem eu.

Depois que Samantha foi embora, prometendo voltar à noite, limpei nossa bagunça na cozinha e tentei me distrair lendo um livro. Alex havia saído cedo com Silvia e Luís, para finalizar a compra do novo empreendimento deles. Eu havia desistido de perguntar o que era.

Quando ele chegou, já tinha anoitecido e eu estava chateada com sua demora. Poderia ter ligado em seu celular, mas não queria demonstrar que intimamente me preocupava tanto com a segurança dele quanto ele com a minha.

– Oi! – foi tudo o que disse antes de me beijar. Estava de bom humor.

– Onde ficou o dia inteiro? – não consegui me conter.
– Negócios! – fez cara de mistério.
– Deu certo, pelo menos?
– Sim. Melhor do que o esperado.
– Não vai me contar?
– Não! Mas amanhã vou te mostrar.
– Mostrar? Agora fiquei curiosa.
– Pois vai ter de esperar. – Ele beliscou de leve minhas bochechas. – Está com fome? Podíamos pedir alguma coisa.

A mudança rápida de assunto me alertava de que não adiantaria insistir.

– Ema nos mandou torta de palmito. Sua família tem medo de que o deixe passar fome.
– E você ficou chateada por não ter de cozinhar?
– Muito – respondi, daquela vez sorrindo.

Alex foi até a cozinha e voltou carregando um grande pedaço de torta. Sentou-se ao meu lado e estendeu um garfo. Era uma nova mania que havíamos adquirido depois de voltarmos a morar sozinhos: dividir a comida.

– Ótima noite para dormir abraçados – comentou, casual.
– Se o abraço for para a Sam.

Ele me olhou surpreso.

– Sam vai dormir aqui? Achei que ela não gostasse mais de dormir com a gente.
– Ela gosta, mas agora tem medo de estar atrapalhando nosso *romance*.

Ele se espantou.

– Ela disse isso?

– Uhum – respondi, com a boca cheia de torta.

Ele riu, deliciado.

– Essa menina vai branquear os cabelos do Luís.

Naquele momento, Samantha entrou na sala parecendo um astronauta, com seu casaco térmico e alguns flocos de neve nos cabelos escuros.

– Oi, tio. – Ela cumprimentou Alex com um beijo gelado antes de tirar o casaco – revelar um pijama de sapos – e se sentar entre nós.

– Oi, Sam. Estava com saudades de dividir minha cama com você.

– Eu também – ela afirmou, feliz. – Ótimo negócio o que vocês fizeram hoje.

Olhamos surpresos para ela.

– Você sabe? – perguntei, me adiantando a Alex. Ele fazia sinais sutis para que ela ficasse quieta.

– Eu sei. – Seu sorriso era travesso. – Vantagens de ser criança. Os adultos acham que a gente não entende nada.

– Vai contar pra mim, não vai?

Ela olhou para Alex antes de responder.

– Ele não deixa.

– Minha garota! – bateram as palmas das mãos num gesto de camaradagem.

– O Natal está chegando. Vou me lembrar disso – ameacei a ambos, antes de levar o prato sujo para a cozinha. Pela risada que trocaram às minhas costas, não havia conseguido convencer ninguém.

No dia seguinte, pouco antes da hora do almoço, Alex me impediu de me aventurar na cozinha.

– Vamos almoçar fora – explicou.

– Vamos? – perguntei, sem me dar ao trabalho de esconder o alívio.

– Sim. Vou aproveitar para mostrar o novo investimento dos Gheler. Vista um casaco reforçado, que vamos sair em cinco minutos.

– Sim, senhor! – respondi subindo as escadas.

Quando encontrei com Alex no portão da Villa, me surpreendi quando avistei a família reunida.

– Ansiosa? – Ema perguntou sorridente.

– Sim. A única ignorante da casa está ansiosa – respondi. Queria parecer rabugenta, mas, para variar, não convenci ninguém.

– Abre logo o carro, Alex – pedi, louca para entrar num local quente.

– Não. Iremos a pé.

Estanquei, decepcionada pela vontade dele de caminhar naquele tempo. Alex me situou.

– É perto.

Percorremos três quadras, até pararmos defronte a um estabelecimento comercial do outro lado da rua, que, pelas suas vitrines, lembrava uma casa de chá.

– O que você acha? – Alex perguntou, indicando-o.

– Parece quente lá dentro.
– Mas você gostou? É legal?
A ficha caiu.
– Você comprou?
– Sim. O novo negócio da família.
Olhei para Silvia. Ela estava louca para falar.
– Pensamos numa casa de massas, mas com temperos brasileiros. Acredita que daremos conta?
Minha opinião parecia ser importante.
– Desde que eu não tenha de cozinhar – avisei. – É claro que vai dar certo!

Entramos no restaurante, onde fomos recebidos com alegria pelos proprietários anteriores, um casal bem idoso, mas disposto. Fizeram questão de nos apresentar aos funcionários, que seriam mantidos, e aos clientes que chegavam.

Almoçamos no local, num clima alegre e descontraído, como há muito não sentia naquela família.

– Eu e Ema seremos responsáveis pela cozinha – Silvia me situou. – Você sabe como gostamos de cozinhar.

– E como cozinham bem – acrescentei.

– Alex ficará responsável pela administração. Não entendemos nada disso.

– Eu, por atender a clientela feminina – afirmou Cássio de maneira sedutora. Até seu lado cafajeste havia voltado com força total.

– E o que eu, o papai, o vovô e a tia vamos fazer? – perguntou Samantha, indignada por não ter sido citada.

– Quando você e a Laura estiverem aqui, vão ajudar a atender os clientes – explicou Ema.

– Como vovô, velho que sou, prefiro ficar em casa – assegurou Robert.

Imaginei meu sogro como um típico aposentado, lendo jornal, calçado com pantufas de lã ou jogando xadrez. Mas a imagem foi logo substituída por outra: ele cuidando de nosso anonimato e estudando. A hora que quisesse, poderia se tornar um excelente médico geneticista.

– Para minha esposa tenho outros planos – Alex afirmou.

– Como parte interessada, posso saber quais?

– Mais tarde.

– Brincar de mistérios pode cansar – comentei, séria.

– Se soubesse como fica engraçada quando está curiosa, me entenderia.

Ignorei-o e voltei minha conversa para Silvia.

– Quando começam?

– Na próxima segunda-feira.

– Você não precisa ficar o tempo todo aqui, Laura – disse Ema, depois de Samantha sair com o pai até os fundos da loja. – Preferia que você passasse mais tempo com Sam em casa, assim ela não precisará acordar cedo, e acredito que não seja saudável uma criança ficar o dia inteiro num ambiente de trabalho.

– Um sacrifício o que me pede, Ema – comentei, irônica. – Dormir até tarde pela Sam.

Ela e Silvia riram satisfeitas, mas principalmente aliviadas com minha aceitação da condição de babá de Samantha. Pareciam achar que me ofenderiam com a proposta.

– Todo mundo tem uma ocupação, mas ninguém falou do Luís. Ele não vai ajudar no restaurante?

– Não – Ema suspirou. – Não diretamente. Ele vai voltar a estudar.

– Estudar? Que novidade é essa?

– Decidiu ser médico, como o sogro. – Silvia explicou orgulhosa.

Ema não parecia animada.

– Decidiu quando?

– Disse que vinha matutando a ideia há algum tempo. Quer ir à universidade, mesmo podendo perfeitamente estudar em casa e tirar suas dúvidas com meu pai.

– É claro que ele não poderia estudar em casa, Ema. Ser médico é mais do que livros. Ele tem que praticar – explicou Silvia, paciente.

– Eu sei – Ema concordou de má vontade. – Mas é maldade querer meu marido vinte e quatro horas por dia ao meu lado?

– Não – afirmei. Concordava plenamente com ela.

À noite, a curiosidade sobre os planos de Alex a meu respeito começaram a incomodar. Não queria dar o braço a torcer, mas ele não demonstrava sinais de que iria falar algo a respeito.

– Fale! Quais os seus planos pra mim?

Ele parou de beijar meu pescoço e me encarou.

– Pensei que não estivesse interessada.

– Por que não estaria?

– Não perguntou nada o dia inteiro – justificou, provocante.

– Vai falar ou não?

Ele se afastou mais, sempre olhando em minha direção.

– Ano-novo, vida nova. Está na hora de você sair mais de casa, voltar a estudar, fazer novos amigos...

– Estudar, você quer dizer, retomar a faculdade de Direito?

– Qualquer coisa que queira. Inclusive a faculdade. Mas tinha pensado em algo específico, mais rápido. Quem sabe na área de decoração de interiores.

– Andou sabatinando a Sam?

– Não foi preciso esforço para fazê-la falar. Você deveria ter dito que queria voltar a estudar.

– Era só uma ideia. – Tentei parecer indiferente. Por dentro, estava fervendo com a perspectiva da liberdade, ainda mais agora que Alex iria passar os dias fora de casa também.

– Quer ou não?

– Quero. Quero sim! – confirmei, não conseguindo mais conter o sorriso de satisfação.

– Louca pra ficar longe de mim.

– Como se isso fosse possível.

Logo descobrimos que não era fácil um negócio prosperar. Alex saía todos os dias cedo, com Silvia e Ema, e só voltava no final da tarde. Batizaram o restaurante de

"Sam's", e apesar de só servirem almoço das dez da manhã às quatro da tarde, a dedicação ao negócio era maior do que eu esperava.

Como Silvia e Ema eram exímias cozinheiras e trouxeram muito do tempero brasileiro para suas receitas, em poucos dias o restaurante se tornou um sucesso na região. Para minha irritação, havia outros fatores que contribuíram para isso.

Certa manhã Alex me pediu para ajudar no restaurante. A recepcionista ficara doente e não poderia ir. Deixei Samantha aos cuidados de Robert e fui trabalhar. Uma tarefa tranquila: receber os clientes na porta e encaminhá-los para a mesa disponível.

Mas, três horas depois, quando eu já estava cansada e com fome, duas moças lindas chegaram para almoçar. A beleza delas estava longe de me surpreender. Milão é uma cidade ligada à moda, ou seja, é corriqueiro se deparar com modelos andando de um lado para o outro. Apesar do frio do lado de fora, as duas vestiam minúsculos vestidos debaixo dos casacos de pele sintética.

– Bom dia. Mesa para duas? – perguntei, educada, num italiano precário e com sotaque.

– Sim, por favor – respondeu a mais alta delas: morena jambo de expressivos olhos verdes.

– Por aqui.

Indiquei a mesa e aguardei paciente elas se acomodarem, antes de lhes passar o cardápio.

– O garçom logo virá atendê-las.

– Ótimo – disse a acompanhante da morena, uma loira mignon. – Só uma informação: este é o restaurante da família do Curt?

Apesar de estar acostumada a escutar o nome de Cássio saindo da boca de mulheres bonitas, me surpreendi.

– Sim, mas no momento ele não se encontra.

– Ah! Mas se ele chegar pode pedir que venha até aqui? – ela pediu, piscando.

– Claro.

– Mas discretamente. – Lançou um olhar azedo à amiga, antes de voltar a me olhar. – Não quero parecer desesperada – explicou.

– Tudo bem.

Afastei-me da mesa, mas ainda pude escutá-las discutindo sobre quem, afinal, estava esperando por Cássio. Não me surpreenderia se começassem a se estapear por ele.

Alex chegou da rua logo depois e sorriu para mim da porta da cozinha, antes de se sentar para almoçar com os ex-proprietários do restaurante, que almoçavam no Sam´s todos os dias.

Não foi preciso esperar para as duas modelos começarem a discutir em frenesi, sem se darem ao trabalho de disfarçar que estavam falando de Alex. Ele ignorava as tentativas de chamar sua atenção, mas eu me perguntava se seria somente porque eu estava ali.

Quantas vezes aquilo já teria acontecido no restaurante ou na rua? Pensar nisso piorou meu ânimo. Elas fizeram sinal para que me aproximasse.

– Aquele é o irmão do Curt? – perguntou a morena.

– Sim.

– Sabia! – afirmou a loira, em inglês, ignorando a minha presença. – São muito parecidos.

– Podemos pedir a Curt para armar um encontro – respondeu a morena, também em inglês.

Meu sangue ferveu. Pelo ciúme e pela má educação delas. Antes que tivesse tempo de reagir, Cássio materializou-se ao meu lado, abraçando-me pelos ombros antes de cumprimentar suas amigas.

– Mas que surpresa agradável. Marie... Joyce.

– Você pediu, nós viemos, Curt – respondeu a loira Marie.

– Se tivesse contado que tinha um irmão, teríamos vindo mais cedo – explicou a morena, Joyce.

Cássio sorriu agradável, estreitando ainda mais o aperto em meus ombros, numa clara tentativa de me impedir de pular nelas.

– Assim me decepcionam. Vieram me ver ou não?

– Com licença – pedi, me livrando dos braços de Cássio, antes de me virar para ele e sussurrar em português: – Avise-as! Meu marido não está incluso no cardápio. Se não o fizer, eu mesma faço!

Cássio me ignorou e sentou-se sorridente com suas amigas. Respirei fundo para não deixar transparecer a irritação. Seria imaturo permitir que meu estresse interferisse no andamento do restaurante.

Alex, sabendo que estava em apuros, permaneceu a tarde toda na cozinha. Quando finalmente pude fechar as portas do restaurante, tirei meu avental de trabalho – feito com o mesmo tecido das toalhas de mesa – e fui para a cozinha. Ele não estava à vista.

– Sobrou alguma coisa pra mim? – perguntei a esmo para Silvia e Ema, interrompendo uma discussão sobre receitas que poderiam ser inclusas no cardápio.

– Seu prato está no forno – respondeu Silvia. – Pensei que você viria almoçar mais cedo.

– Se os clientes parassem de chegar, quem sabe eu conseguiria.

– Eu esquento – declarou Ema, ligando o forno.

– Giovanna merece um aumento. Não foi à toa que ficou doente.

– Sua cara está péssima – afirmou Silvia. – Não pode ser só cansaço e fome.

– Ciúmes, quem sabe?

– Isso explica por que Alex estava inquieto.

– O que ele aprontou? – perguntou Ema, enquanto colocava à minha frente um generoso prato de purê de batata, com carne de galinha, coberta com deliciosos molhos secretos.

– Ele? Nada. Mas Cássio trouxe duas modelos deslumbrantes que só faltaram jogar a calcinha na cara do Alex.

– Típico do Cássio. Ainda bem que Luís não estava por aqui.

– Acredite, Ema. Rapidamente elas teriam arrumado outra amiga pra ele – respondi, sem esconder o mau humor. – Estou começando a me preocupar sobre o porquê de Alex ter escolhido Milão.

Elas olharam com pena para mim e mudaram de assunto.

Ajudei Silvia e Ema a finalizarem os serviços do dia e as esperei até que fechassem o restaurante para irmos embora juntas. Quando chegamos em casa já tinha anoitecido.

Não havia sinal de Alex no andar de baixo. Guardei nosso jantar na geladeira e subi para o quarto. Havia luz e música suave saindo pela fresta da porta do banheiro.

Abri a porta devagar. Alex estava de olhos fechados, confortavelmente acomodado na imensa banheira em estilo vitoriano. Uma suave música francesa saía do rádio portátil, colocado ao lado de várias velas acesas pelo chão.

– Deduzi que seu dia foi difícil – explicou, sem abrir os olhos. – Acabei de entrar. A água ainda está fervendo.

– Está se desculpando por algo, Alexander?

Ele abriu os olhos ao se virar para mim.

– Essa doeu. Você sabe que não fiz nada.

– Claro que não. Você não quer morrer jovem.

– Vai sair dessa porta e tirar a roupa, ou vou ter que puxá-la assim mesmo?

– Não estou com vontade.

– Que pena – ele comentou, voltando a fechar os olhos. – Pretendia lhe fazer uma massagem.

Ficou óbvio que eu era a única a estar perdendo algo. E tudo por causa de Cássio. Iria fazê-lo pagar por aflorar o que havia de pior em mim: ciúmes.

– Está bem – suspirei e comecei a me despir. – Mas só pela massagem. Não vai acontecer mais nada.

Ele teve o decoro de não sorrir.

– Não insinuei nada mais do que isso.

A água estava maravilhosa e quente, em contraste com o frio que fazia lá fora. Sentei-me de costas para Alex, e ele começou a trabalhar em meus ombros.

– Você está tensa.

– Tudo culpa sua.

– O que eu fiz dessa vez?

– Você atiçou aquelas magrelas.

Mesmo com os olhos fechados podia senti-lo sorrindo.

– Como fiz isso?

– Sendo bonito.

– Reclame com a Silvia.

– Elas iam pedir a Cássio para arrumar um encontro entre vocês quatro.

– Elas não tinham como saber que você era minha esposa. Por que não falou?

– Porque não quero parecer ciumenta e... possessiva.

– Imagine se eu fosse mulherengo.

– *Instinto Fatal* seria coisa de criança.

Ele parou.

– Você nunca foi ciumenta assim.

– Não pare, por favor.

Ele voltou à massagem.

– Sempre fui ciumenta. E você tem de entender meu lado.

– Me faça entender.

– Primeiro: não é fácil ser casada com um homem tão bonito.

– Obrigado, mas...

– Segundo: passamos os últimos anos praticamente grudados vinte e quatro horas por dia. Agora você passa o dia inteiro fora, não sei onde, não sei com quem...

– É só você me acompanhar.

– E terceiro: estamos em Milão. Uma modelo deslumbrante a cada esquina. Muitas dispostas a tudo, como as amigas de Cássio. Quanto tempo você vai resistir?

– Alguma vez lhe dei motivos para me achar tão fraco?

– Não, não deu – suspirei. – Eu sei. É besteira minha. Insegurança.

– Você precisa se ocupar com outras coisas. Parecia tão interessada naquela história de curso de decoração. Desistiu?

– Não. Até escolhi alguns institutos para visitar, antes de decidir. Mas achei melhor esperar a virada do ano. Não adianta entrar numa turma adiantada.

– Ótimo. Vamos visitar esses lugares e decidiremos juntos – Alex disse, enquanto suas mãos desciam por minhas costas e ele me puxava para mais perto dele.

No fim, eu não era a única ciumenta.

5
INDEPENDÊNCIA

O Natal chegou, e como se não fosse suficiente cozinharem o ano inteiro, Ema e Silvia garantiram uma ceia de véspera, digna de reis. O clima de descontração e felicidade de todos me fez acreditar que a minha vida havia finalmente entrado nos eixos.

– Vamos sair? – Alex me perguntou na manhã de Natal, quando ainda estávamos deitados. O céu estava claro, mas o frio intenso ainda não havia dado trégua.

– Precisamos? – perguntei, sonolenta. Não queria sair de casa naquele frio, ainda mais num feriado, quando o restaurante não seria aberto.

– Quero estrear meu presente novo e comprar o seu. – Ele apontou para o grande casaco de couro forrado, com o qual eu o havia presenteado. Se existia algo que adorava dar de presente, eram roupas.

– Não pode ser mais tarde?

– Não, bicho-preguiça. Quero agora.

Alex levantou-se e me puxou com ele, para garantir que eu não voltasse a dormir.

– Você é mau – afirmei enquanto me vestia.

– Pare de reclamar – ele respondeu sorrindo.

– Aonde vamos, afinal?

– Rodar por aí. Ir a lugares que ainda não conhecemos.

A única alma viva no pátio era Coquinho, mastigando um grande osso de borracha. Assim que atravessamos o portão de ferro da entrada, corri de cabeça baixa em direção ao carro da família. Alex me deteve, segurando meu braço.

– Onde acha que vai?

– Não disse que íamos andar – reclamei. – Tenho de voltar e colocar botas.

– Não vamos andar. Vamos naquele carro.

Ele apontou para uma grande camionete vermelha, estacionada no lado oposto da casa. Em meio à paisagem branca, sua cor era reluzente.

Alex me estendeu uma chave.

– Feliz Natal!

Fiquei sem reação. Desde que encerramos nossa aventura em alto-mar, ficávamos no máximo com dois carros em casa. Uma maneira de Alex impedir que saíssemos sozinhos. Ganhar um carro só meu era o sinal definitivo de que nossa vida havia voltado ao normal.

– É sério? – perguntei, esperançosa.

– É – ele respondeu, mas havia parado de sorrir. Decerto em dúvida se estava fazendo a coisa certa.

Peguei a chave e entrei na camionete espaçosa. Alex sentou-se ao meu lado.

– O que isso significa?

– Que pergunta! Vou pensar que não gostou do presente.

– Claro que gostei. – Um sorriso tímido brotou no meu rosto. – Só estou com medo de acreditar.

Ele riu.

– Acredite, meu amor, é seu. Está na hora de ter sua própria rotina, e eu não conseguiria levá-la à aula todos os dias.

– Mas tenho uma rotina – aleguei aérea, enquanto analisava os detalhes do meu carro novo.

– Estou falando de uma rotina sua, não da minha família.

Esqueci-me do carro e olhei pra ele.

– Falando assim, dá a impressão de que não me quer mais na família – não consegui deixar de verbalizar.

– Sempre dramática. – Acariciou meu rosto com uma das mãos. – Não quero que um dia olhe para trás e perceba que monopolizamos sua vida. Quero que tenha novos amigos, conviva com outras pessoas.

– Não preciso de novos amigos.

– Mera sugestão. De agora em diante você sai com seu carro. Com vinte e seis anos conquistou esse direito – disse, me provocando.

– Um grande passo.

– Claro que é blindado e com *airbags* extras.

Encarei-o derrotada.

– Algumas coisas nunca mudam – ele explicou.
– Ainda bem.

Beijei-o para demonstrar o quanto gostara do presente. Há anos esperava por aquilo, mas a aceitação de Alex de que eu tivesse uma vida paralela à dele me incomodou mais do que gostaria.

Nos primeiros dias do Ano-novo, me matriculei num curso de Designer de Interiores organizado por uma conceituada loja italiana. As aulas aconteciam num centro comercial anexo a um grande shopping do centro. Para meu estímulo, os cinco melhores alunos saíam com emprego garantido.

Como as aulas só aconteciam à tarde, pude continuar cuidando de Samantha pela manhã e estava de volta em casa no começo da noite, evitando que Alex se preocupasse mais do que o necessário. Por mais que tentasse disfarçar, era evidente o alívio que transparecia em seu rosto quando eu entrava em casa.

Alex tinha razão quando dizia que seria bom sair de casa e fazer novos amigos. O curso era interessante, e meus colegas de classe prestativos com a estudante *americana*. Toda semana surgiam convites para festas ou eventos, mas o máximo que me permitia era uma fuga, vez ou outra, à praça de alimentação do shopping. Não queria testar a tolerância de Alex em relação aos novos amigos, assim como não queria me apegar a ninguém. Ainda não havia me perdoado pelo que eu havia feito à Andressa e à Amanda.

Samantha era quem mais se aborrecia com minhas saídas. Vivia implorando para que eu a levasse passear, mas, apesar do consentimento de seus pais, não me sentia segura. Se algo acontecesse, como garantiria sua segurança?

– Me leva hoje! – ela pediu pela décima vez em menos de uma hora. Ainda era de manhã, mas eu queria chegar cedo para terminar a decoração de um ambiente, no simulador do próprio curso.

– Sam, vai ser chato. Você teria de ficar sentada num canto sem se mexer.

– Mas eu fico! Juro que fico!

– Você teria de se comportar como uma criança de quatro anos, e sei que detesta isso.

– Cinco anos.

– Só daqui a dois dias.

– Tudo bem. Prometo ficar sentada e sem abrir a boca.

Havia uma expressão de tristeza em seu rosto lindo.

– Não aguento mais ficar aqui dentro. Papai passa o dia na faculdade, e a mamãe no restaurante. Ninguém tem tempo pra mim.

Sua cartada final foi certeira. Luís e Ema tinham receio de deixar a filha frequentar uma escola local, com o que eu, particularmente, não concordava. Ela precisava de amigos.

– Está bem – confirmei com um aperto de apreensão pelo que estava fazendo. – Desde que Alex a pegue ao meio-dia. Não terei como te trazer e voltar para a aula a tempo.

Ela correu e ligou para Alex, dez minutos depois voltou vestida.

– Ele vai me pegar ao meio-dia na frente do shopping – explicou, excitada.

– Tudo bem – suspirei. – Vamos!

Passei o percurso até o shopping conferindo o espelho retrovisor, enquanto repassava regras à Samantha. Sua feição era de aborrecimento, decerto pensando se o passeio valia toda a ladainha.

A tarefa que tinha de executar para a aula do dia era em dupla. O meu par se chamava Agathe Fontaine, uma francesa com a qual sentira afinidade imediata no primeiro dia do curso. Com cabelos castanhos, olhos verdes e uma boca enorme, que sempre mantinha pintada de vermelho, ela lembrava a atriz Kat Dennings. Seu único defeito era a língua solta. Adorava falar *caramba*, em português. Alegava que havia aprendido com um namorado brasileiro e nunca mais conseguira se livrar da palavra.

– Caramba, Dayse, como essa professora é chata! Caramba, Dayse, como seu carro é legal! Caramba, Dayse, como você tem bom gosto... – E assim por diante. Seu maior *caramba* foi quando conheceu Alex, num almoço de confraternização oferecido pela direção do curso. *Caramba*, acompanhado de outras exclamações mais vulgares. Esperava que ela se controlasse na frente de Samantha.

– Bom dia, Gá.

Agathe, até então absorta numa revista de decoração, abriu um largo sorriso ao nos ver, largando a revista no chão.

– Ora! Ora! A senhora americana certinha resolveu dar o ar de sua graça. E trouxe uma ajudante com ela.

– Essa é a minha sobrinha, Samantha. Esta é a Agathe, Sam.

– Oi, Sam. – Agathe se aproximou e lhe deu um beijo. – Caramba! Você é linda.

– Obrigada. Você é gentil – Samantha agradeceu em italiano.

– Quantos anos você tem?

– Cinco... daqui a dois dias.

Com medo de falar algo errado, ela não percebeu que estava muito formal para uma criança, fosse de quatro ou cinco anos.

– Vamos trabalhar? – chamei a atenção de Agathe novamente para mim. – Precisamos terminar antes do almoço. Sam? – me voltei para a menina ainda séria. – Pode se sentar àquela mesa e colorir seus desenhos. Se precisar de algo, me chame.

– Tudo bem – ela concordou, se animando ao olhar o estúdio.

– Ela não é americana como você? – perguntou Agathe, enquanto decidíamos por onde começar.

– Sim. Por quê?

– O italiano dela é perfeito. Sem sotaque.

Primeiro deslize.

— Você se acostumou com meu italiano capenga, por isso se assusta quando ouve alguém falando corretamente. — Ela não parecia convencida. — Os pais dela só falam italiano em casa, então, pratica muito.

— E você? Fala o que com o gostosão do Adam?

— Francês. A voz dele fica sedutora.

— Caramba, Dayse! Você sabe como pisar na sua amiga solteira.

— Você quem perguntou.

Samantha conseguiu permanecer dez minutos sentada, depois começou a passear pelos estúdios, fazendo perguntas e dando palpites. Todos a amaram de imediato e passaram a manhã bajulando-a. Ela iria pedir para voltar.

Exatamente ao meio-dia encontramos Alex em frente ao shopping. Ele abriu um sorriso ao nos avistar e aproximou-se rapidamente.

— Como foi a manhã dos meus amores? — perguntou depois de nos beijar.

— Produtiva.

— Foi o máximo, tio! Todo mundo gostou de mim. Até dei sugestões.

— Só um louco não gostaria de você, Sam — ele afirmou, mantendo-a em seu colo. Semelhantes como eram, podiam ser confundidos com pai e filha.

— Vai ficar e almoçar comigo?

— Infelizmente não posso. Tenho várias coisas pra fazer hoje. Na verdade, preciso te pedir um favor.

— O quê?

– Preciso do carro emprestado. Robert precisou sair e me deixou aqui. Estou a pé.

– Não precisa pedir o carro. Ele também é seu.

– Não fale isso. Vai acabar com meus planos de comprar o carro que vi ontem. Foi paixão à primeira vista.

– Não sei, não. Você já chama a atenção sem acessórios.

Percebendo que não estava brincando, ele me ignorou.

– Que horas posso te buscar?

– Às seis. Aproveitaremos para comprar o presente de alguém.

– Está falando de mim – Samantha garantiu a ele.

– Imaginei.

– Deixei minha bolsa no estúdio. Vamos ter de subir para pegar a chave.

A chegada de Alex ao estúdio causou *frisson*. Agathe, como a amiga íntima que se considerava, não perdeu tempo em cumprimentá-lo com beijos em cada lado do rosto.

Fui pegar a chave e o deixei jogando charme para ela. Quando voltei, Agathe ainda estava grudada nele.

– Não tem um irmão para me apresentar, Adam?

– Ele tem – Samantha apressou-se em responder. – O tio Cás... Curt.

– Interessante. – Ela me lançou um olhar mortal.

– Mas o Curt...

– É casado. – Agathe se apressou em completar desanimada.

– Não. É solteiro – informou Samantha, animada.
– Mas disse que nunca vai casar.

– Temos de ir, Sam – Alex interrompeu a sobrinha ao ver que eu estava encrencada. – Seis horas, então?

Ele colocou Samantha no chão e pegou meu rosto com as mãos.

– Seis horas em ponto – confirmei.

Sem se importar com a presença dos meus colegas e de Samantha, me beijou apaixonadamente.

– Eu amo você.

– Eu também – suspirei enquanto ele se afastava devagar. Foi difícil desviar o olhar.

Somente quando ele saiu de vista, me lembrei de que havia outras pessoas ao redor. Escutei suspiros das meninas presentes, entre elas, Agathe. Mas ela se recuperou rápido e me estapeou o braço.

– Por que nunca contou sobre seu cunhado?

– Ai! Não falei porque Curt nunca está por aqui. Ele viaja o tempo todo.

– Mas volta para ver a família, não volta?

– Sim, mas nunca avisa e fica pouco.

– Trate de dar um jeito, *amiga*.

Agathe passou a tarde me sabatinando sobre Cássio, principalmente depois que usei o adjetivo *hipnotizante* para descrever seus olhos azuis. Mas esse aborrecimento foi compensado quando nosso ambiente foi o mais elogiado pelos professores. Em apenas três meses havíamos aprendido mais do que somente escolher coisas bonitas e colocá-las aleatoriamente num espaço fechado.

Apesar de gostar de admirar vitrines, decidi me especializar em decoração de residências. Aprendi a escolher cores e estampas, tintas, quadros, iluminação, organização, distribuição, circulação e proporção. Tudo dentro do gosto do cliente e de acordo com seus recursos. Também foi necessário aprender sobre as grandes grifes da decoração, e como manter bom relacionamento com artesãos locais.

No fim da aula, Agathe grudou em mim. Queria ver Alex de novo.

– Ele está chegando? – perguntou quando me viu checar o visor do celular.

– Não. Falta meia hora – respondi sem alegria.

Liguei para ele. Atendeu no primeiro toque.

– Oi, docinho.

– Onde você está?

– Pode me chamar de docinho também. Não vou ficar ofendido.

Não consegui deixar de sorrir.

– Tudo bem, docinho. Onde você está?

Ao meu lado, Agathe suspirou.

– Estou saindo de casa. Terminou mais cedo?

– Sim. Meia hora ainda?

Ele riu bem-humorado.

– É uma longa distância. Assim que chegar, eu ligo.

– Tudo bem.

Desliguei desanimada. O que fazer durante meia hora?

Como se lesse meus pensamentos, Agathe deu a solução.

– Temos tempo para um suco?

– Temos meia hora. É suficiente? – perguntei irônica enquanto guardava o celular na bolsa.

Ela ignorou, acostumada a meus rompantes de mau humor.

– Vamos à casa de sucos naturais que inauguraram no primeiro andar. Você vai amar!

– Parece ótimo.

Seguimos para o local indicado por ela. Estava lotado, o que significava ser bom. Acomodamo-nos numa mesa pequena e fizemos nossos pedidos a uma atendente simpática.

– Já viu alguma roupa em desfile de moda que tivesse vontade de comprar? – perguntou Agathe.

– Não que me lembre.

– Não entendo por que colocam roupas espalhafatosas em desfiles, se ninguém vai usar?

Ia dar minha opinião a respeito do assunto, mas ela me interrompeu.

– Caramba! Não olhe agora! – alertou, olhando por cima do meu ombro. – Um deus caiu do céu.

Acompanhei seu olhar e me deparei com o garçom que trazia nossos sucos. Agathe não havia exagerado. Ele era lindo. Manteve nos lábios um sorriso estonteante, enquanto colocava nossos copos na mesa.

– Suco de maçã? – perguntou, olhando de uma para a outra.

— É meu — respondeu Agathe, sorrindo abobada.

— Então o seu é de abacaxi.

Ele colocou o suco na minha frente me encarando. Seu sorriso pareceu aumentar, e aquilo me incomodou.

— Obrigada — respondi formalmente e o ignorei.

— Você não é italiana — ele afirmou.

— Não — respondi seca, sem voltar a olhá-lo.

— Ela é americana — Agathe explicou, tentando chamar sua atenção para ela.

— Sabia! Possui um sotaque instigante.

Sem entender o porquê, lancei-lhe um olhar de desprezo. Deu certo.

— Mais alguma coisa para vocês? — perguntou embaraçado, mas seu tom deixava claro que estava se referindo a algo além do que havia disponível no cardápio.

— Não — respondi rápido.

— Por enquanto, não — respondeu Agathe, aérea.

Ele se afastou sorrindo de novo.

— Caramba, Dayse! Tudo bem, seu marido é um dos homens mais lindos que vi na vida. Não! Ele é o mais lindo, mas não precisa esnobar os outros.

— Não fiz isso — disse, na defensiva. Não poderia lhe explicar meus pavores relacionados a homens bonitos demais.

— Poderia me dar um pouco desse mel? — ela continuou provocativa.

— Está reclamando do quê? Você atrai homens como moscas.

– Não quando você está por perto. – Ela parecia falar sério.

– Vou abrir um curso para ensinar meus métodos de sedução – afirmei, entrando em seu jogo.

Ao contrário do que esperava, Agathe não quis me acompanhar até o encontro com Alex, preferindo permanecer na lanchonete. Possivelmente pretendia investir no garçom.

Antes ela do que eu.

6
DESCONTROLADOS

Como Alex não havia ligado, me encaminhei ao mezanino que dava vista à porta de entrada do estacionamento. Tendo uma visão geral do enorme saguão, saberia quando ele chegasse. Inclinei-me preguiçosamente no guarda-corpo e comecei a esquadrinhar as pessoas, tentando imaginar o que cada uma estaria fazendo ali.

Mal havia começado meu passatempo quando avistei Alex na lateral direita da entrada, num canto para o qual não havia me dado o trabalho de olhar. Como era normal, meu coração acelerou ao vê-lo, só que desta vez parecia que ele iria sair pela boca, tamanha a raiva descomunal que tomou conta de mim.

Alex conversava empolgado com uma mulher alta, magra e ruiva. Mesmo de longe, dava para perceber a aura de autoconfiança que havia em torno dela e como era linda. E pior: a semelhança com uma modelo com quem ele se relacionara no passado era demais para ser ignorada.

O assunto devia ser interessante, pois além de os dois estarem próximos, sorrindo e quase se tocando, Alex havia esquecido de avisar que já estava no shopping.

Encarava-os estarrecida, quando Alex olhou em minha direção, como se houvesse um letreiro luminoso ao meu redor. O sorriso sumiu dos seus lábios ao constatar minha reação nada positiva. Ele começou a se despedir da ruiva. Fiz o que qualquer mulher ciumenta e com raiva faria: corri na direção contrária.

Justifiquei a mim mesma que se permanecesse ali poderia fazer algo estúpido como socá-la. Também não daria a Alex o gosto de ver as lágrimas de raiva, de humilhação, que não conseguia conter. Andei aleatoriamente e quando dei por mim, estava caminhando numa rua movimentada e desconhecida.

O celular começou a tocar. Furiosa, arranquei o chip de identificação e joguei o aparelho no lixo.

Andei a esmo por tanto tempo que não tinha noção de quanto havia caminhado. Mas lembrar da intimidade gritante entre Alex e a ruiva me impulsionava a não parar.

Tudo fez sentido. Alex querendo que eu fosse independente, me dando um carro, insistindo para que fizesse novos amigos. Devia estar planejando me desligar aos poucos da vida dele, o que não poderia fazer com uma simples conversa. Não depois de ter me tirado da convivência com minha família no Brasil.

Que explicação mais poderia haver?

Mas se Alex queria se separar, por que se dava ao trabalho de estar sempre dizendo – e demonstrando – o quanto me amava?

Horas depois estava cansada e não havia chegado à conclusão alguma. Pior, estava me sentindo estúpida por ter fugido e não ter esclarecido o assunto na hora, colocando os dois contra a parede.

Como a volta para casa era inevitável, me senti mais idiota, confusa e triste do que nunca. Não sabia em que parte de Milão estava e peguei um táxi. Na Villa Marieta havia poucas luzes acesas. Todos já haviam se recolhido.

Alex não devia ter comentado o ocorrido com sua família, do contrário todos estariam ali, preocupados com o meu sumiço. Em casa, a única luz acesa era a da sala. Meu nervosismo aumentou.

Inspirei fundo, criando coragem, antes de abrir a porta. Conforme previsto, Alex estava sentado no sofá de frente para a porta. A expressão em seu rosto não era de raiva, mas de cansaço.

– Você tem noção... – ele começou a falar numa voz controlada quando caminhei diretamente para as escadas, sem encará-lo – de todas as besteiras que pensei enquanto esperava sua boa vontade de voltar para casa?

– Tenho – respondi, parando nos primeiros degraus. – Desculpe.

Tentei não demonstrar emoção alguma, mas por dentro estava gritando.

— Por que fez isso, Laura?

Falar o real motivo me faria parecer idiota, mas mentir não iria nos ajudar. Além do mais, ele precisava se justificar.

— Perdi a cabeça ao ver você conversando *intimamente* com aquela mulher – respondi, ainda sem conseguir encará-lo. – Ela me lembrou da Alessandra.

— Está falando sério? – Seu tom era incrédulo.

— Não foi só isso. – Meu rosto começou a corar. – Foi uma sequência de fatores.

— Que fatores?

— Tudo, Alex! – explodi, olhando pra ele. – Você não para mais em casa, nunca sei onde está...

— Se queria saber, por que nunca perguntou?

— Porque não queria parecer possessiva e...

— Você nunca mostrou interesse algum em saber o que eu estava fazendo. Nunca pediu para ir comigo.

Ponto pra ele.

— Você quer que eu saia mais, que faça amigos, que não dependa tanto da sua família – comecei a justificar rapidamente. – O que acha que tudo isso parece pra mim?

— A mesma coisa que parece pra mim. Que quero que você tenha a sua vida. – Ele parecia confuso.

— Por isso mesmo. Faz tanta questão que eu tenha minha própria vida que dá a entender que quando você sair definitivamente dela, vou estar preparada pra isso.

Ele se levantou bruscamente e começou a andar exasperado, de um lado pro outro da sala, passando a mão pelos cabelos.

– Laura, pra quê eu iria preparar você para viver sem mim? O Laboratório não tem ideia de onde estamos.

Sorri irônica para ele.

– Você não sairia da minha vida pelo Laboratório. Sairia por vontade própria.

Alex parou de andar e me encarou. Sua expressão ficou controlada e inexpressiva.

O sorriso irônico morreu em meus lábios.

– Alguma vez disse qualquer coisa *concreta* que desse a entender que pretendo me separar de você? – Sua voz estava controlada, mas havia raiva implícita. – Porque se eu disse, preciso saber para poder me justificar. Não posso ser acusado de algo de que nem ao menos tenho conhecimento.

Como algo que parecia tão óbvio há poucos minutos se tornara tão difícil de explicar?

– Não há nada, Alex. Você nunca disse ou fez algo que demonstrasse isso – respondi calma, não querendo estender a conversa. – Sou uma idiota.

– Infelizmente, hoje não posso discordar disso – afirmou, não disfarçando sua raiva. Foi o combustível que faltava para acender minha irritação habitual.

– Que fique claro que você não tem nenhuma dívida ou obrigação comigo.

– Dívida? Obrigação? Do que está falando?

– Sente-se culpado por ter me afastado da minha família. Nunca vou cobrar isso de você! – estava quase gritando. Só não o fazia porque iria chamar atenção do resto da família. – Portanto, não se prive de nada.

Se estiver a fim de conhecer outras mulheres, não use isso como desculpa.

Ele recomeçou a andar pela sala.

– Meu Deus! O que fiz pra você chegar a essa conclusão?

– Vi como estava feliz ao lado dela. Como... como pareciam íntimos.

– Ela é uma de nossas fornecedoras. Estava entrando no shopping quando nos encontramos. Seria falta de educação não parar para cumprimentá-la. Segundos depois, vejo minha esposa, e ela sai como uma louca pelo shopping. Desliga o telefone e fica andando sem rumo pela cidade.

– Como sabe onde estive?

– Tem GPS. Esqueceu? – ele perguntou acidamente.

Olhei para a aliança e a minha expressão desmoronou. Ele sabia o tempo todo onde eu estava e mesmo assim não me procurou.

– Você queria ficar sozinha – alegou, adivinhando meus pensamentos.

– Você estava certo. Queria e ainda quero!

Voltei-me para a escada, visando subir ao quarto, mas mal havia dado o segundo passo, e Alex estava ao meu lado. Pela primeira vez usou sua força incomum contra mim. Com uma das mãos segurou meu braço e me obrigou a virar de frente para ele.

– Por que está fazendo isso, Laura? – perguntou irritado, num tom de voz baixo.

– Porque tenho medo de ser enganada. Mas como você disse, sou uma idiota, então...

Alex me estreitou em seus braços, sem dar chance de tentar me esquivar.

– Não quero que me toque, Alex – afirmei sem convicção.

– Tarde demais pra isso.

Sua boca tomou a minha com fúria. A razão gritava para que eu me afastasse, pois ainda estava possessa com ele, mas meu corpo não reagia contra a proximidade.

O beijo foi brutal. Toda nossa raiva foi descarregada nele. Passei meu braços sobre o seu pescoço e agarrei seus cabelos com fúria, enquanto exigia que a distância entre nós diminuísse. O som de tecido sendo rasgado fez meu sangue ferver. Abri os olhos e percebi que estava nua e deitada no sofá, enquanto Alex me penetrava com paixão.

Foi intenso, como nunca havia sido. Alex, sempre preocupado em me agradar, deixou a ira dominá-lo e gentilezas foram esquecidas.

Uma excelente novidade.

– Desculpe ter dito que você era idiota – Alex sussurrou no meu ouvido, ainda com a respiração ofegante.

– Não deixa de ser verdade – encontrei forças para dizer.

– Mesmo assim não deveria ter dito.

Encarei-o. Sua expressão serena me desconcertou.

– Peço desculpas por ter perdido o controle.

– Você compensou bem – ele afirmou sorrindo. – Está autorizada a perder o controle de vez em quando.

– Vou pensar no seu caso. Também autorizo você a perder o controle, mais do que de vez em quando – enfatizei. – Mas quero roupas novas. – Ergui minha blusa do chão, agora transformada em trapos.

Ele revirou os olhos.

– Eternamente insatisfeita.

Voltei a beijá-lo, mas meus lábios doloridos protestaram. Deviam estar inchados.

– Falando sério – ele segurou meu rosto com as mãos –, nunca, mas nunca mais mesmo duvide de que a amo.

– Alex, por favor... – tentei desviar o olhar, mas ele me impediu.

– Realmente sinto culpa por ter te afastado da família. Nunca vou me perdoar por isso, mas... – ele colocou um dedo nos meus lábios, impedindo-me de contestá-lo – nunca usaria isso como desculpa.

– Eu sei. Não deveria ter falado aquilo.

– Não importa. Nunca mais deixe dúvidas com relação a nós se acumularem desse jeito. Amo você, Laura. Não sei mais o que fazer para provar isso.

– Não vou mais duvidar. Prometo.

– Você é a minha vida. Nunca se esqueça disso.

7
ALERTAS

Passava de onze horas quando acordei na manhã seguinte. Como esperado, Alex não estava. Em seu lugar havia uma única flor de girassol.

Apreciando minha flor preferida, recordei cada momento da noite anterior. Mas foi somente quando me atinei ao fato de que Alex, pela primeira vez em sete anos de relacionamento, havia se esquecido de usar preservativos, ou não tinha se importado com isso, é que tive real noção da intensidade de suas emoções nas últimas horas.

Levantei sem vontade, mas tinha o compromisso de levar Samantha ao restaurante para almoçar. Dava para escutar suas risadas vindas do pátio, onde ela brincava com Coquinho.

Depois do banho demorado, encontrei Samantha enchendo o pote de ração do cachorro, como se ele não estivesse gordo o suficiente.

– Oi, Sam. Onde estão todos?

— No restaurante. Papai está na aula, e o vovô, no escritório dele.

— Porque está aqui sozinha e não lá com ele?

— Ele está mal-humorado e pediu para ficar sozinho. Vim brincar com Coquinho até você acordar.

Sem perceber, Samantha havia me deixado em alerta. Apesar de sisudo, Robert nutria pela neta um amor exagerado e nunca a rejeitava. Se ele pedira para ficar sozinho, é porque algo sério o incomodava.

— Vamos almoçar? – ela perguntou empolgada.

— Sim. Daqui a alguns minutos. Primeiro vou avisar o vovô.

Samantha deu de ombros, voltando sua atenção ao cachorro. Dirigi-me ao escritório de Robert, no andar superior do seu sobrado, encontrando-o compenetrado em algo que lia na tela do computador. Seu semblante estava mais sério que o normal.

— Bom dia! – o cumprimentei, tentando não deixar transparecer minha recente preocupação.

— Bom dia, Laura – ele respondeu me analisando, antes de voltar sua atenção ao computador.

— Eu e Sam vamos almoçar. Vem com a gente?

— Hoje, não. Estou sem fome.

Apesar dos anos morando juntos, não tinha com Robert a mesma intimidade que partilhava com o resto da família. Estava com medo de comentar algo e ultrapassar algum limite. Mas meus sentidos gritavam para que insistisse.

– Robert... Sam comentou que você está calado hoje. Aconteceu alguma coisa?

Ele me olhou interessado.

– Não. Absolutamente nada. – Ele sorriu. – Ela estava hiperativa.

Sorri também.

– Ah, isso ela é. – Olhei-o diretamente nos olhos antes de continuar. – Mas gostaria de ser avisada caso algo esteja acontecendo.

Ele gesticulou confirmando.

Estava saindo do escritório quando ele me chamou.

– Laura!

– Sim?

– Me desculpe – pediu sério. – Depois de tudo pelo que passou, lhe devemos a verdade.

– Não estou cobrando dívidas, Robert. Só não quero ser pega desprevenida.

– E está certa. Venha cá. Quero lhe mostrar algo. – Apontou para a tela do computador.

Contornei a mesa e parei a seu lado. Na tela, Robert conversava em inglês com alguém que se intitulava "O Contato". A conversa era longa. Ele rolou a tela até o ponto que queria me mostrar.

Ele recorreu a soldados mercenários. Existem muitos na mesma situação daquele que sequestrou sua filha e sua nora.

Então não desistiu de nos procurar. Só passou a tarefa para mercenários.

Apesar de determinado pelo conselho, ele não vai desistir. E seus colaboradores são piores. Além do incentivo em dinheiro, Joseph lhes ofereceu liberdade total. Eles nunca mais serão perseguidos.

– Entendeu?

Olhei-o assustada. Estava tão concentrada em ler mais, que havia me esquecido de sua presença.

– Quem é Joseph?

– Uma espécie de presidente das organizações que envolvem o Laboratório. Possui uma insaciável disposição em nos encontrar.

– E agora está oferecendo prêmios pela captura de vocês?

– Sim.

– Não faz sentido! Estão tendo tanto trabalho em encontrar vocês, por considerá-los material imprescindível, mas com isso darão a liberdade a outros? Eles também não são imprescindíveis?

– Nossa captura é questão de honra.

– Não entendo por quê. Pelo visto vários outros fugiram de lá – argumentei.

– Fomos os primeiros. E causamos prejuízos incalculáveis com a destruição de grande parte das instalações e com a morte de soldados.

Recordei a primeira e única visita que recebera de Silvia, em Curitiba. Fomos juntas ao Jardim Botânico, onde ela contou toda a verdade sobre a vida de sua família, me fazendo entender por que Alex tinha receio de assumir nosso relacionamento.

— Conheço a história. Eles têm pistas de onde estamos?

— Isso é o que me preocupa. Enquanto Joseph estava atrás de nós, o meu contato... — ele apontou para a tela do computador — me mantinha informado sobre os passos do Laboratório. Mas com mercenários, ficamos no escuro.

— A próxima abordagem pode vir de qualquer lado.

Seu olhar triste confirmava.

Lembrei-me de Alex, na noite anterior, ter alegado que o Laboratório não tinha pista de onde estávamos.

— Contou para o Alex?

— Não comentei com ninguém. Vou fazer isso hoje.

— Algum plano de ação formado?

Ele sorriu sem alegria.

— Não, Laura. Essa parte deixo para os meus filhos. O que eles decidirem, a gente faz.

Senti urgência em encontrar Alex.

— Tudo bem. Mantenha-me informada e... obrigada.

Robert se levantou. Para minha surpresa me abraçou.

— Não fique preocupada.

— Não estou. — Tentei tranquilizá-lo. — Confio na minha família.

O argumento deve ter sido suficiente, pois ele me soltou. Não antes de me beijar e pedir que me cuidasse.

Samantha estava impaciente no pátio.

— Finalmente! Estou com fome.

Ansiosa com as notícias, me perguntei se não seria melhor preparar algo em casa mesmo, e, assim, evitar expor Samantha. Mas logo me convenci de que ficar neurótica não ajudaria. Nenhuma ameaça concreta estava acontecendo. Sermos o alvo de caça, não era novidade.

– Vamos. Mas não solte minha mão.

Se ela achou estranha a recomendação, não comentou.

O restaurante estava lotado. Sentamos numa mesa de canto, reservada à família. Não havia sinal de Alex.

– Vou à cozinha buscar nossos pratos – avisei Samantha.

– Sem legumes, por favor – ela pediu, séria.

Sorri. Com Ema como mãe, seu pedido estava fora de cogitação.

Na cozinha, Silvia e Ema estavam atarefadas.

– Oi! – disse Ema, sem desviar os olhos de algo que cozinhava. – Sam está com você?

– Sim. Vim pegar nossa comida. Cadê o Alex?

Ela sorriu antes de responder.

– Foi às compras. – Parou de mexer suas panelas e me olhou. – Não sei o que aconteceu essa noite, mas ele está radiante. Se é que você me entende.

– Até flores recebemos – completou Silvia.

– Bom! – comentei. Não consegui disfarçar o sorriso pretensioso por ser a causa da felicidade.

Com o rosto corado, comecei a preparar o almoço de Samantha.

– Não vai dizer nada? – Ema insistiu.

Continuei servindo o prato sem olhar para ela.

– Não aconteceu nada demais. Brigamos e fizemos as pazes.

– Ah! Sexo de reconciliação. Não tem coisa melhor – comentou em voz alta, chamando a atenção de outros funcionários.

– Ema! – Silvia a censurou.

– O quê? Não falei nenhuma mentira.

Os funcionários riram.

– Vai me contar o motivo da briga? – ela insistiu, em tom moderado.

– Ciúmes.

– De quem? – Ema não sossegaria até conhecer todos os detalhes, os quais eu não pretendia dividir.

– Conto outra hora. Tenho de alimentar a Sam.

Ela me lançou um olhar frustrado. Com o argumento infalível, saí carregando dois vistosos pratos de legumes no vapor, com frango ao molho de hortelã.

– Compraram meu presente? – perguntou Samantha largando os talheres ao lado do prato vazio.

– Ainda não. Devia comer devagar. Mastigar melhor a comida.

– Minha digestão é mais eficiente do que o normal. Portanto, não preciso mastigar tanto. Por que não compraram?

Segurei-me pra não rir. Ela parecia uma professora.

– Não encontrei o presente especial.

– Tudo bem. – A menina suspirou. – Está com pressa ou posso trabalhar um pouco? – ela adorava acompanhar clientes até as mesas.

– Pode. Vou esperar pelo Alex.

Minutos depois, a cabeça dele surgiu entre as portas de vaivém que separavam o salão da cozinha. Alex sorriu pra mim e voltou a desaparecer. Em seguida sentou-se na cadeira desocupada por Samantha, defronte a um prato de comida idêntico ao nosso.

– Bom dia! – desejou, com um beijo demorado em meu rosto. – Dormiu bem?

A alegria de revê-lo me fez esquecer temporariamente as preocupações com segurança.

– Quase hibernei.

– Acontece quando se está *muito* cansada.

Seu olhar cúmplice confirmava que estava perdoada.

– Não parece cansado para quem dormiu pouco.

Ao contrário de Samantha, ele mastigou lentamente seu pedaço de frango, antes de responder.

– Se eu tivesse dormido a noite inteira, não estaria tão disposto.

– Vou cuidar para que durma pouco de agora em diante.

– A promessa que todo homem quer ouvir de sua esposa.

– Bobo!

– Vai à aula?

– Vou. – Levantei sem vontade.

– Está dirigindo como louca como fazia em Curitiba?
Inclinei-me e dei um beijo demorado em sua boca.
– Quando estou acompanhada, não.
Ele tentou não sorrir.
– É sério, Laura. Um acidente foi suficiente...
Dei-lhe as costas e fui buscar Samantha. Precisava levá-la pra casa, antes de sair de novo.

Tive de dirigir como louca pra chegar a tempo ao curso. Logo me arrependi de ter ido. A falta de sono e a tagarelice gestual de Agathe impediram minha concentração.

– Até que enfim, caramba! – ela comentou no primeiro segundo do intervalo. – Não vai acreditar com quem troquei beijos ontem.

Meu raciocínio não estava ajudando, então falei o óbvio.

– Não faço ideia.

O olhar dela podia ser de mágoa ou descrença.

– Por que fiquei plantada naquela casa de sucos?
– Ah! O garçom bonitão.
– Isso! Bonito, inteligente, engraçado... E que beijo!
– Até que horas ficou lá?
– Até as dez. – Parecia sem graça.
– Vocês ficaram juntos até as dez?
– Não, caramba! Esperei ele sair às dez. Ficamos juntos depois.

Encarei Agathe. Ela era bonita, exótica. Poderia ter a seus pés a maioria dos homens. Por que se interessar justo por aquele cara?

– Valeu a pena?

Era tudo o que Agathe queria ouvir. Passou a contar detalhes, desde a hora em que eu saíra para encontrar Alex. Como os vinte minutos de intervalo não foram suficientes, passou a me bombardear com bilhetes que deixavam claro o quanto havia adorado cada segundo.

Pensei em retribuir, contando como minha noite havia sido fenomenal. Como Alex tinha rasgado minhas roupas e feito amor comigo como se sua vida dependesse daquilo. Mas só de lembrar, minha pele arrepiou e foi tomada por um calor justificado.

Agathe não merecia ter seu encontro comparado com aquilo.

Em casa, fui recebida com beijos que afastaram meu cansaço e reativaram as sensações causadas pelas lembranças da tarde. Mas frustrando meus planos – que incluíam roupas rasgadas pela casa –, Alex me soltou.

– Vai aonde?

– Falar com meu pai. Volto logo.

Apesar de conhecer o teor da conversa, nada comentei. Quando ele retornasse, perguntaria sua opinião. Previa o que estava pra acontecer – a vida itinerante iria recomeçar.

Tomei um banho demorado e liguei o computador para saber notícias do Brasil. Fiquei absorta na tarefa e, quando me dei conta, já eram dez horas da noite. Alex não havia voltado.

Desliguei o computador e fui até a janela do quarto. Alex conversava com Robert e Luís num canto do pátio. Resolvi não me envolver. Se quisessem minha opinião, teriam perguntado. Deitei e acabei pegando no sono. Quando acordei, Alex já havia saído.

Cássio apareceu de surpresa na manhã seguinte, enquanto eu e Samantha brincávamos de boneca no pátio. Luís também estava em casa, alegando indisposição, fato raro na vida de um soldado como ele.

– Tio Cássio! – gritou Samantha, antes de correr e se atirar em seus braços.

– Oi, gatinha! – ele a encheu de beijos.

– Você demorou!

– Eu sei. Mas em compensação trouxe várias coisas pra você.

Beijei-o no rosto, reparando que, independentemente de quantos anos haviam se passado, ele continuava parecendo um menino – o menino mais bonito que havia conhecido.

– Oi, Cássio.

– Oi, gata número dois.

Suspirei resignada.

– Senti sua falta.

– Eu também – Samantha fez coro.

– Para satisfazê-las vou ficar mais tempo. Pode ser?

Troquei um olhar de descrença com Samantha. Cássio rolou os olhos e levou a sobrinha até o banco do pátio, onde começou a mostrar seus presentes.

Meu olhar foi atraído à janela da casa de Silvia, onde Robert e Luís nos observavam com expressões compenetradas. Senti angústia e depois raiva pela neurose. As pessoas não tinham de viver sorrindo para mim.

Conforme prometido, Cássio não cogitou viajar pelos dias seguintes. Mas fora essa mudança de comportamento, nada mais se alterou na rotina dos Gheler. Muito menos minhas suspeitas de uma nova mudança.

– Não acho necessário – respondeu Alex depois que lhe perguntei sobre a possibilidade. – Estamos monitorando a área e, além disso, ninguém tem ideia do país onde estamos.

– Você parece tranquilo.

– Não. Estou preocupado, mas agirei com cautela. Não quero transformar nossa vida num inferno.

– Nossa vida nunca foi um inferno – contestei teimosa.

– Eu sei. A única recomendação que fiz a Ema e Luís é para que a Sam permaneça mais casa, saindo somente pra almoçar. Cássio ficará de olho nela.

Ele queria ter dito "e em você", mas me conhecia o suficiente para evitar uma discussão desnecessária.

8

INESPERADO

O mês de junho chegou e com ele um calor insuportável tomou conta da Itália. Sempre que possível dávamos um jeito de fugir para algum clube de piscinas durante o fim de semana, mas nem isso estava adiantando.

Pelo menos para mim.

Alex saía todos os dias cedo para ajudar Ema e Silvia no restaurante. Apesar de serem elas as responsáveis pelo sucesso do empreendimento, o fato de acompanhá-las, muitas vezes sem ter nada para fazer, era a maneira que ele encontrara de se sentir útil.

Em algumas ocasiões essa devoção me chateava, principalmente naquelas manhãs em que acordava carente e queria que ele ficasse mais tempo ao meu lado. Mas nos últimos dias agradecia mentalmente por sua rotina.

Ao sair cedo, Alex não presencia o espetáculo lastimável que eu passara a encenar quase todas as manhãs no banheiro.

Absolutamente nada para no meu estômago e, mesmo quando não como, o simples ato de escovar os dentes desencadeia ondas incontroláveis de náuseas. Aos domingos, único dia em que o restaurante não abre e Alex permanece em casa, disfarço o suficiente para ele não perceber nada.

Todo meu empenho tem uma simples motivação: sei o que está acontecendo comigo. Já presenciei de camarote o mesmo espetáculo ocorrer com minha mãe e depois com Ema, sem contar as náuseas causadas por cheiros fortes e a sensação incômoda de formigamento nos seios.

Enquanto puder, esconderei de Alex que estou grávida.

Estou convicta. Não preciso de nenhum teste de farmácia ou exame de laboratório para confirmar. Assim como sei que no momento em que Alex for informado, nossa pacata vida irá virar um inferno. E ele passará meus últimos meses de vida se desculpando, se lamentando. Enquanto puder, evitarei o drama.

O fato de Alex conhecer meu corpo tão bem quanto eu não me dará muito tempo. Uma barriga mínima, mesmo firme, será suficiente para levantar suspeitas.

Não sabia como, mas sabia exatamente quando havia engravidado: no dia em que surtara e Alex fizera amor comigo sem preservativo. Há anos tomava anticoncepcionais e ficava me indagando se havia falhado algum dia. Não existia outra explicação.

– Vai aonde? – perguntou Alex, quando levantei da mesa onde almoçávamos no restaurante.

– Repetir.

Ele me lançou um olhar indagativo. Em geral comia pouco, ainda mais nos últimos dias em que tudo ruminava.

– A torta de camarão está divina – justifiquei.

Devo ter transparecido culpa.

– Não estou controlando. – Ele se apressou em dizer. – Pode comer o quanto quiser.

Concordei com a cabeça e fui para a cozinha. Recebi um idêntico olhar indagativo de Silvia, que me incomodou. Parecia que estavam desconfiando de algo.

Estava mais do que na hora de revelar a verdade, afinal, pelos meus cálculos, estava com quase três meses de gravidez. E se não falasse logo ficaria paranoica.

– A torta está maravilhosa. Alex pediu mais um pedaço – justifiquei.

– Adoro quando apreciam minhas criações – ela respondeu.

Voltei para a mesa desanimada e deixei a torta de lado. Estava me sentindo criminosa por esconder um fato tão importante de todos.

– Não vai comer? – Alex perguntou, ao me ver brincar com a comida.

– Gula – justifiquei, olhando triste para o prato.

– Aconteceu alguma coisa?

– Não! – resposta automática.

– Não que esteja me queixando, mas ultimamente você tem mudado rápido de humor.

– Verdade? – perguntei surpresa.

– Aconteceu agora mesmo. Quando foi pra cozinha, estava sorrindo, alegre. Voltou séria, desanimada. O que está acontecendo?

– Nada, Alex. Nada mesmo.

– Por que está nervosa?

– Não estou nervosa – afirmei, começando a me irritar com a insistência dele.

– Tudo bem! Mas seria melhor não falar em português comigo. Os funcionários estão escutando e deviam acreditar que somos americanos.

Não havia me dado conta daquilo.

Quando Alex percebeu que eu não me explicaria, levantou bruscamente da mesa e saiu em direção à cozinha, parou na porta e voltou para onde me deixara observando-o boquiaberta.

– Não esqueça que sou seu marido – lembrou, irritado. – Se não puder confiar em mim, vai confiar em quem?

– Eu...

Ele não me deu chance de explicar. Foi para a cozinha e não voltou mais. Levantei desanimada e, sem me despedir de ninguém, fui para casa, onde tomei uma decisão.

O fato de não contar para Alex que estava grávida visava evitar estresse e lamentações. Mas se minha consciência culpada estava causando desentendimentos entre nós, de que valia continuar omitindo?

Decisão tomada, entrei na camionete e segui para o centro da cidade. Em vez de ir ao curso, fui a um laboratório e me submeti a um teste de gravidez. Ansiosa, preferi permanecer três horas sentada numa cadeira dura de plástico, à espera do resultado. Não precisei abri-lo pra saber – o sorriso da atendente ao me estender o envelope foi suficiente.

Depois de sair do laboratório, fiquei sentada no banco do carro, imaginando formas de contar a novidade a Alex. Decidi ligar e pedir que viesse me encontrar em algum lugar. Ia ser uma conversa tensa e não ajudaria sermos interrompidos por alguém da família.

Mal havia segurado o celular na mão quando ele tocou.

– Oi, Alex – disse, em um tom de voz baixo, tentando equilibrá-lo com a enorme ansiedade que tomava conta de mim.

– Oi. Sei que é horário de aula, mas precisava me desculpar pela grosseria na hora do almoço.

– Não é necessário se desculpar. Você não fez nada – afirmei desanimada.

– Saí sem me despedir. Não devia ter feito aquilo.

– Teve os seus motivos. Eu entendo.

Ele suspirou.

– Quer jantar comigo? Deixo a seu cargo escolher o local. – Ele tentou parecer animado.

– Onde você está, Alex?

– Do outro lado da cidade entregando uma encomenda. Por quê?

– Só queria ver você.

E terminar aquela agonia... Ou piorá-la.

– O que está acontecendo, Laura? – ele exigiu irritado.

– A gente precisa conversar.

– Estamos conversando. Fale de uma vez.

Quase falei. O fato de ele estar do outro lado da cidade me pouparia da visão de seu rosto quando soubesse a verdade. Visualizava-o com perfeição, se alternando em expressões de surpresa, raiva, remorso. Não sabia o quanto poderia aguentar daquilo.

Mas ao mesmo tempo temia que Alex perdesse a cabeça e saísse como louco de onde quer que estivesse, até me encontrar. No fim, concluí que não teria como evitar sua decepção, fosse agora, fosse daqui a alguns minutos.

– Laura, você está me preocupando – comentou agoniado quando demorei a responder.

– Podemos comer pizza? – perguntei num tom de voz que deveria parecer animado.

– Podemos – ele respondeu confuso.

Combinamos de nos encontrarmos numa pizzaria do centro, às sete horas. Ele não conseguiria chegar antes disso. Consultei o relógio com desânimo: tinha duas horas livres e nenhum lugar específico para ir.

Fui direto ao restaurante e estacionei nas proximidades. Caminhei algumas quadras, comprei revistas e, com uma hora de antecedência, entrei na pizzaria. Pedi suco de laranja e comecei a folhear as revistas para passar o tempo. Não conseguia me concentrar nas manchetes. Olhava as horas e a porta de dois em dois minutos. Comecei a enjoar de expectativa.

Alex chegou dez minutos adiantado. Ergui o rosto em sua direção e recebi um beijo cheio de indagações.

– Faz tempo que chegou? – ele perguntou, olhando para as revistas espalhadas pela mesa.

– Um pouco. Está com fome?

– Sim. E você?

– Também. Podemos pedir?

Como se estivesse ouvindo nossa conversa, o garçom se materializou ao nosso lado. Alex fez o pedido e, depois que o rapaz se retirou, passou a me olhar de maneira intensa, esperando.

– Como foi sua tarde? – perguntei, antes que ele começasse a me interrogar.

– Proveitosa. E a sua? Como estava o curso?

Havia tom de ironia na pergunta, como se soubesse que eu não havia ido à aula. O que ele tinha condições de saber.

Não havia lógica mentir.

– Não fui para o curso.

Sua expressão não se alterou.

– Foi para onde?

– Andei pelo centro – respondi indiferente, fugindo mais uma vez do assunto principal.

– Só andou pelo centro? – ele insistiu.

– Se sabe onde estive, por que não faz uma pergunta direta? – meu tom foi surpreendentemente rude.

— Ao contrário do que possa pensar, não passo o dia te seguindo – ele se defendeu, magoado.

— Desculpe – pedi, arrependida. – É muita pretensão acreditar que você pensa em mim o dia todo – aleguei sorrindo.

— Suas mudanças de humor estão começando a me preocupar – afirmou sério, sem sorrir de volta. – Tem alguma coisa que queira me dizer?

As palmas de minhas mãos suavam frias. Apesar do nervosismo, não baixei o olhar, cuidando apenas para não falar em português.

— Tenho. Mas não agora.

Ele considerou por um momento.

— Mas vai falar o que está lhe incomodando?

— Vou. Prometo.

Ele não insistiu e jantamos em paz.

A sobremesa chegou, Alex pagou a conta e a coragem me abandonou. Ao contrário do que havia decidido à tarde, resolvi que o conforto de nossa casa seria o local ideal para aquela conversa.

Seguimos cada um em seu carro, numa viagem que nunca pareceu tão curta. Alex estacionou seu veículo atrás do meu e antes que abrisse a porta para descer, ele já me esperava.

— Iremos conversar agora? – perguntou cauteloso.

— Sim.

Abraçados, seguimos rápido para casa, tão absortos em nossos próprios pensamentos que não reparamos no sinal que dizia que estávamos em perigo – um grande cachorro labrador cor de chocolate, morto no chão do pátio.

Alex abriu a porta e entramos juntos na sala. Automaticamente segui em direção ao sofá, concentrada em decidir como começaria o assunto, enquanto ele acendia as luzes.

Em menos de um segundo tudo mudou.

Havia estranhos na sala. Dois homens, fortes e bonitos o suficiente para que não houvesse dúvida de que se tratavam de supersoldados.

Paralisada, não sabia o que dizer ou fazer.

– Como vai, Alex? Podemos conversar? – perguntou o mais próximo a ele, tão bonito que chegava a ter covinhas nas bochechas.

Ele se aproximou vagarosamente de Alex, com as mãos erguidas em sinal de paz.

Virei-me em direção a Alex, a tempo de vê-lo reagir. Ele acertou o soldado com um golpe violento em seu peito, fazendo-o voar por cima da bancada da cozinha, onde caiu atordoado, quebrando armários.

Alex se virou em direção ao segundo soldado que estava parado no outro extremo da sala e não movera um único músculo ante a reação dele. Parecia que ia ser tudo muito fácil e rápido, mas, nesse momento, mais três soldados entraram no cômodo pelos fundos, como se estivessem ali de tocaia esperando que Alex reagisse daquela maneira.

— Alex! — gritei apavorada quando os três soldados começaram a agredi-lo ao mesmo tempo, na tentativa de dominá-lo.

Sem pensar fui em direção a eles. Meu caminho foi interrompido pela mão daquele soldado indiferente, que segurou meu braço com força, arremessando-me contra uma das paredes da sala, onde bati a cabeça e o braço esquerdo. A dor foi tão forte que me atordoou. Tive dificuldades em me manter consciente.

Houve mais uma sucessão de golpes e gemidos contidos. Quando consegui focalizar Alex, ele estava de costas para a parede, imobilizando um dos soldados pelo pescoço, não o deixando respirar. Dois soldados estavam inconscientes no chão, e aquele que me agredira continuava assistindo à reação de Alex sem se aproximar.

— Calma. Não precisamos chegar a extremos — ele afirmou.

Alex não respondeu. Ele não olhava para mim. Essa distração daria ao soldado a chance de atacá-lo.

Passei a mão pelo braço dolorido. Estava empapado do sangue que escorria de um corte na minha cabeça.

— Vocês não passam de covardes — exclamou Alex sem emoção, chamando minha atenção para ele.

Ele me encarava e pela primeira vez havia medo em seus olhos. Ao meu lado, o soldado que restava apontava uma pistola para minha cabeça. Como se isso não fosse suficiente para conter Alex, outro soldado adentrou a sala trazendo Robert, também na mira de uma arma.

— Solte meu soldado, Alex, antes que o mate. Não quero revidar matando a parte frágil de sua família.

Alex relaxou o braço do pescoço do soldado que sufocava e este caiu de joelhos a seus pés, arfando ruidoso, na tentativa de voltar a respirar.

— Deixe-os em paz — exigiu sem tirar os olhos de mim.

— Não temos interesse nela — explicou o soldado que apontava a arma pra mim. — Venha conosco sem resistência, e ela vive.

— Onde estão todos? — Alex perguntou a seu pai.

— Estão bem. Foram levados — Robert respondeu em agonia, como se sentisse uma grande dor, não necessariamente física.

Alex me lançou um derrotado olhar de desculpas.

— Vamos embora, Alex. Dou-lhe minha palavra de que ela não será incomodada — disse o soldado, confiante ao perceber a entrega de Alex.

— Deixe meu pai examiná-la primeiro.

O soldado no comando olhou de Robert para mim e fez um sinal positivo ao soldado que mantinha Robert na mira da arma.

— Tudo bem. Um passo em falso e eles morrem. — Ele se virou para o soldado que ainda o acompanhava. — Fique de olho neles.

Ele se encaminhou para Alex e indicou o caminho da porta.

— Não! — gritei e fiz menção de me levantar. Robert me abraçou com força e me manteve no chão.

– Calma, querida – ele pediu no meu ouvido.

Alex me lançou um último olhar indecifrável antes de sair da sala. As dores pelos cortes na cabeça não eram nada comparadas à dor em meu peito.

– Fique quieta, Laura. Não consigo examinar você – exclamou Robert, com a voz embargada, conseguindo chamar minha atenção.

– Por favor, Robert. Não quero ficar sozinha – pedi, incoerente.

Nesse momento, outro soldado entrou na sala e largou ao nosso lado uma caixa de primeiros socorros. Depois se afastou com o soldado que nos vigiava, sem, contudo, deixarem a sala.

– Laura! Preciso que preste atenção em mim – Robert pediu suplicante, e algo na sua voz me fez obedecê-lo.

Ele apalpou meu couro cabeludo, chegando perto o suficiente para falar sem ser ouvido pelos soldados que nos observavam.

– Vá para Zurique... Acesse nossa conta de segurança... – ele dizia aos poucos, enquanto estancava o sangramento nos meus cabelos. – Haverá o necessário para fugir... Escolha um lugar seguro...

– Você não entende. Não quero ir a lugar algum...

– Você precisa! Só assim poderá nos ajudar – explicou enquanto preparava uma injeção.

– Ajudar? Como posso fazer isso?

Ele espiou os soldados, enquanto passava um líquido gelado no meu braço.

– Vá ao banco. Estará tudo lá.

Somente quando senti a dor da picada é que entendi que estava sendo medicada. Uma nova onda de desespero me assolou.

– Pare, Robert! – implorei com urgência.
– É para a dor – ele explicou, desta vez em voz alta.
– Não posso... Estou... Estou grávid...

Minha voz falhou na última palavra, mas Robert entendeu, lançando-me um olhar apavorado. Antes que ele pudesse expressar qualquer opinião, o soldado do comando voltou à sala.

– O tempo acabou. Vamos embora! – ordenou.

Robert me beijou no rosto e se levantou.

– Não dificulte as coisas – alertou o soldado, percebendo a histeria no meu rosto. – Se seu marido se descontrolar, não garanto a vida dele.

Usei toda a força de vontade para não sair correndo atrás deles. Coloquei a mão na boca para conter os gritos, enquanto a sala girava ao meu redor. Fechei os olhos e deslizei pela parede até sentir a cabeça encostar ao chão, onde entrei numa inconsciência bem-vinda.

9
FUGA

Acordei e apaguei diversas vezes antes de conseguir recobrar plenamente a consciência de manhã. Levantei devagar. A cabeça latejava do lado machucado, além das dores pelo corpo, provenientes de uma noite passada no chão duro. A injeção de Robert cumprira sua finalidade: me manter inconsciente.

A lembrança dos últimos acontecimentos voltou aos poucos, junto com as lágrimas de desespero.

Eu sabia! Sempre fora alertada de que aquilo poderia acontecer. Mesmo assim me recusava a acreditar. A aceitar. Há poucas horas minha maior preocupação era contar a Alex sobre a gravidez. Agora poderia não ter mais essa oportunidade.

Lembrando as últimas palavras de Robert, decidi parar de lamentar e começar a agir. Abri devagar a porta da sala e espiei o pátio. Estava tudo calmo e arrumado, como sempre. Se não houvesse presenciado os acontecimentos da noite anterior, poderia crer que estavam todos dormindo. Mas o fato de Samantha não estar brincando com Coquinho, me obrigou a reconhecer a dolorosa realidade.

    Tranquei a porta e subi para o quarto. Livrei-me das roupas sujas de sangue, colocando-as num saco de lixo. Tomei um banho demorado, desta vez não por prazer, mas para ter certeza de que meus cabelos estavam livres do sangue. Coloquei algumas mudas de roupa numa mala pequena, peguei documentos, dinheiro e saí sem olhar para trás. Meu carro estava estacionado no lugar de sempre, mas o de Alex havia sumido.

    Fui direto a um posto de combustível localizado no extremo norte da cidade, onde abasteci minha camionete e aproveitei para comprar comprimidos para dor. Tomei um deles antes de sair, mas o alívio não veio. Procurei não pensar nisso enquanto pegava a rodovia rumo à Suíça, não pretendendo parar até chegar lá.

    Dirigi sem cansaço até Zurique, onde cheguei de madrugada. Hospedei-me num hotel de beira de estrada, ordenando a meu corpo que diminuísse a adrenalina. Precisava dormir se quisesse aguentar os próximos dias. Com atraso o sono veio, pontuado por pesadelos e sobressaltos. Quando levantei, às dez horas da manhã, estava mais cansada do que quando fora deitar.

    Com o estômago embrulhado, optei por ignorar o café da manhã. Tomei um banho para despertar e vesti roupa social. Em poucos minutos estava entrando na imponente sede do Banco Internacional, onde tínhamos conta. Já havia estado no local com Alex, que, prevendo aquele desfecho, me fizera registrar senhas e assinaturas.

Com a horrível impressão de que as pessoas olhavam duas vezes para mim, me dirigi à ala dos gerentes. O mais próximo deles aparentava ter cerca de quarenta anos e era bonito. Como o requisito beleza era o que eu menos procurava, optei por um baixinho de óculos e cabelos ralos.

– Bom dia – eu o cumprimentei em inglês. Em seu crachá estava escrito Sr. Muller.

– Bom dia! – ele cumprimentou-me, entusiasmado. – Em quê posso ajudá-la?

Ofereci-lhe meu sorriso mais cativante.

– Preciso acessar o cofre da família, mas não estou atualizada com o procedimento.

Ele olhou desconfiado.

– Possui o número da conta e a senha? Senhora...? – perguntou, percebendo a reluzente aliança na minha mão.

– Dayse Smith – estendi a mão em sua direção. Ele a recebeu entusiástico.

– Bom, senhora Smith, preciso de seu documento de identificação. Depois de confirmados alguns dados, a conduzirei ao cofre. – Gesticulou para que sentasse à sua frente.

– Claro.

Passei a ele os documentos, tentando não parecer ansiosa. Depois de minutos que duraram uma eternidade, ele parou de digitar dados no computador e sorriu satisfeito. Até demais.

– Aceita um chá ou café, senhora Smith?

O tom havia mudado. O conteúdo da conta deveria ser mais generoso do que poderia imaginar.

– Obrigada. Prefiro ir direto ao cofre.

Meu estômago roncou de indignação, mas a ansiedade em ver o que Robert havia deixado pra mim era mais forte do que a fome.

– Por aqui, por favor.

Ele me conduziu por um labirinto de portas, sempre com a mão em minhas costas. Em outra ocasião eu teria protestado.

Paramos em frente a uma grande porta de vidro transparente, que antecedia um corredor largo. Nas paredes havia várias portas pequenas de aço, sem qualquer inscrição ou local para chaves: os cofres.

– Digite o número da conta e a senha neste teclado. – O gerente apontou para uma tela de computador ao nosso lado, na qual eu não reparara.

Ele olhou para o lado oposto, enquanto eu digitava a sequência de números. Quando acabei, um dos cofres se destacou na parede direita, fazendo o Sr. Muller suspirar aliviado.

Ele abriu a porta de vidro com uma chave decodificada e apontou para que eu entrasse.

– Fique o tempo que precisar. Quando quiser sair, aperte esta campainha. Virei buscá-la.

– Obrigada, senhor Muller.

Caminhei comedida ao cofre, não querendo demonstrar ansiedade. Depois de ter certeza de que ele se retirara, abri a tampa superior do cofre fundo, descobrindo vários tesouros: joias valiosas, ações, dinheiro, além de muitos documentos em nome dos Gheler. Mas o que chamou de imediato minha atenção foi o chamativo envelope roxo com a inscrição "Para Laura".

Retirei o envelope do cofre e sentei numa poltrona de veludo azul, antes de abri-lo. O conteúdo era claro.

Laura

Se estiver sozinha ao ler esta carta, é porque algo deu errado. Não tenho como prever o que estará acontecendo e até que ponto você estará envolvida, por isso, vou lhe contar a única e desesperada chance de solução.

Como deve saber, desde a fuga do Laboratório mantenho um contato confiável, sem o qual não seriam possíveis tanto anos de liberdade. Se achar que ele pode lhe ajudar, entre em contato e confie. O codinome é Ralf. Ele vai saber como lhe ajudar.

Abaixo seguia um complicado endereço eletrônico.

Dentro do cofre há documentos com sua foto, que lhe abrirão as portas da maioria dos países. Escolha um, transfira o dinheiro para uma conta pessoal e viva sua vida.

Amamos você.
Robert.

Reli inúmeras vezes o bilhete. Quando lágrimas começaram a borrar o papel percebi que estava chorando de novo. Levantei e guardei a carta na bolsa, assim como novos documentos de cidadania alemã. Se precisava me refugiar sozinha em algum lugar, que fosse no país em que me sentia em casa.

Estava me dirigindo à porta quando decidi voltar ao cofre e pegar outro conjunto de documentos, desta vez de cidadania brasileira em nome de Laura Andrade. Não houve necessidade de transferir dinheiro. Em todas as contas abertas em meus nomes, havia dinheiro suficiente para me manter por anos.

Com uma frieza que não imaginava possuir, recompus a expressão tranquila no rosto e apertei a campainha. O Sr. Muller chegou em segundos e abriu a porta de vidro.

– Encontrou tudo o que precisava?

– Sim, senhor Muller. Pode fechar.

Ele acionou novamente sua chave e, assim que a porta foi fechada, o cofre dos Gheler voltou a se fundir com a parede prateada.

– A Senhora está bem? Parece... cansada?

– E estou. Sofro de insônia, e esta noite foi das piores.

– Ah...

– Obrigada, senhor Muller. O senhor foi muito atencioso.

Ele me acompanhou até a saída do banco e estendeu um cartão.

– Se tiver dúvidas em relação à sua conta, não hesite em ligar.

– Não hesitarei. Adeus.

De volta à rua, comecei a procurar um local para comer. Mesmo sabendo que tinha providências urgentes a tomar, não estava sozinha. Havia um bebê para alimentar.

Escolhi um restaurante localizado à beira do canal e próximo à prefeitura, onde me sentei numa mesa ao ar livre. O dia estava ensolarado e, mesmo com a cabeça repleta de preocupações, seria impossível não enxergar a beleza local.

Duas horas depois voltava para o hotel. Nos braços carregava meu novo computador portátil. Num sinal de nostalgia escolhi a cor vermelha. Depois de configurá-lo digitei o endereço eletrônico passado por Robert. Sem saber como começar, optei por uma mensagem direta.

Busco notícias dos Gheler e instruções.
Laura

Só me restava esperar.

Como não havia nada mais a fazer, me obriguei a deitar e tentar dormir. Minha mente estava a mil por hora e acreditei que não conseguiria. Acordei quatorze horas depois.

Levantei sentindo-me culpada. Ralf poderia estar tentando falar comigo há horas. Para minha decepção, não havia nada a ser lido na tela do computador.

Depois do café da manhã no quarto, paguei a conta do hotel e me despedi de Dayse Smith. Agora eu era Laura Pocha, uma alemã voltando para casa.

Instalei-me num apart-hotel na região de Ehrenfeld, Colônia, mas não tive tempo de rever a cidade. Permanecia trancada dentro do quarto, com o computador ligado vinte e quatro horas. A não ser que estivesse cochilando, contemplava obsessivamente a tela.

Seis dias depois de chegar, dividida entre o desespero e a depressão, recebi o primeiro contato de Ralf.

Seis horas da manhã estarei on-line.
Ralf

As poucas palavras em inglês estavam longe de acabar com minha agonia, mas eram melhores do que nada.

Não consegui dormir. Pontualmente às seis horas, fuso horário americano, ele estabeleceu novo contato.

Bom dia Laura.

Quase quebrei as teclas na ânsia de digitar em busca de notícias de Alex. Como Ralf podia estar tão tranquilo com aquele *bom dia*?

Eles estão bem? Onde eles estão?
Estão bem. Todos. Foram trazidos para os Estados Unidos, mas colocados em locais separados. Ema e Samantha estão juntas.

Um alívio momentâneo. Samantha estava com a mãe.

E Alex? Eles o machucaram?

Nenhum deles foi agredido. São valiosos demais para o empreendimento.

Mas onde eles estão?

Não estou autorizado a falar. Mas pretendo ajudá-la. E ao Robert.

Tenho dúvidas sobre confiar em você.

Ele demorou a responder.

Robert sempre confiou. Ele me ajudou num momento de crise e prometi ajudá-lo a ser livre com a Silvia. Dei minha palavra a ele e nunca o decepcionei.

Não foi suficiente. Eles foram encontrados.

Precisava descontar minha revolta nele.

Quando o Laboratório estava diretamente envolvido na caçada deles, eu tinha como controlar o que acontecia. Mas quando mercenários foram contratados, perdi parte deste controle. Não há como rastreá-los.

Teria de aceitar a desculpa. Por enquanto.

Você os viu?

Somente Robert. Ele será mantido sob meu comando. Na medida do possível, se comunicará diretamente com você e lhe passará instruções.

Instruções?
Sim. O fato de você estar grávida muda tudo.
Robert contou?
Não. Mas muitos já estão sabendo.
Como?

Meu coração batia acelerado. Estava hiperventilado.

Mandei limparem todos os vestígios da casa e do negócio de vocês na Itália. Vai ser como se nunca tivessem existido. Mas durante a tarefa, encontraram um documento comprovando sua gravidez. Você se tornou alvo.

Alvo? Não conseguia me preocupar com aquilo. Não quando estava irritada com minha imprudência. O resultado do exame havia ficado no bolso da calça que usara naquele dia e que havia jogado no lixo, devido às manchas de sangue.

Alex sabe?
Não. Robert pediu para que ele não fosse informado, e os diretores concordaram. Não é viável deixá-lo mais nervoso do que está.
Concordo.
Resumindo, você carrega algo valioso. Livre-se de tudo que possa ligá-la ao passado e mude de país.
Já fiz isso.

Mantenha-se conectada. Assim que puder, lhe passarei mais instruções.

Só isso?

Tinha milhares de perguntas. Nenhuma me vinha à mente.

Por enquanto. Descanse e mantenha-se escondida. Aproveite para se perguntar se a sua vida vale o risco de salvar a família de seu marido. Quando começarmos não haverá como voltar atrás.

Não vou voltar atrás!

Conto com isso.

O breve contato em nada aliviara minhas angústias. Se Ralf acreditava que eu desistiria de Alex para salvar a minha pele, estava enganado. Nem quando não havia motivos tão fortes aceitaria isso, quanto mais agora que existia outra vida dependendo de nós.

10
JOSEPH

Um mês depois estava em Dresden e havia concluído que Ralf desistira de me ajudar. Sem novos contatos para manter a sanidade, passava os dias imaginando formas de chamar a atenção do Laboratório e me entregar. Antes que fosse atrás de documentos falsos para entrar nos Estados Unidos, ele deu sinal de vida.

Bom dia, Laura.
Aconteceu alguma coisa? Pretende desistir?

Estava irada o suficiente para não ser gentil.

Ao contrário do que possa pensar, minha vida não gira em torno da sua.
Como eles estão? E o Alex?
Vivos e incomunicáveis. Devo parabenizá-la por não ter sido capturada. Um grande feito para uma mulher sozinha e... normal.

Ele não precisava saber o quanto aquelas mudanças de cidade estavam me custando em termos emocionais e financeiros.

Meu tempo é limitado. Preciso de informações úteis.
Para isso estou aqui. Não irá desistir?
Não.
Robert me garantiu a mesma coisa.

Comecei a caminhar de um lado para o outro, na frente do computador, até ele digitar uma sequência de números.

Ligue para este telefone. É a linha direta com o presidente das nossas organizações. Seu codinome é Joseph. Faça com que ele acredite que está bem informada sobre ele.
Como farei isso?
Conseguiu o telefone, sabe seu codinome. Insinue o restante.
Só isso?
Deixe para ser insolente com ele. Se não resolver, use o nome verdadeiro.

Minhas pernas amoleceram e fui obrigada a sentar quando li o nome do famoso político americano. Moralista ao extremo e envolvido numa organização sórdida. E eu teria de falar com ele.

Ralf parecia ler meus pensamentos.

Desistiu?
Não.
Saberei de sua performance. Se ela for digna de destaque.
Agradeço o incentivo.
De acordo com seu desempenho, passarei novas instruções. É provável que tenha de voltar ao Brasil.
Brasil?
Sim. Providencie os documentos. Como você gosta de alardear, seu tempo é limitado.

Inconsciente, previra aquele desfecho. Os documentos em nome de Laura Andrade, guardados em minha mala, provavam isso.

Olhei para a tela, mas, sem despedidas, Ralf desconectara.

Não havia como recuar.

Eram cinco horas da tarde quando estacionei o sedã bege – o carro alugado da semana – ao lado de um telefone público e fiz a fatídica ligação.

Ele atendeu no segundo toque.

– Quem é?

Concentrei-me para não começar a falar em português.

– Joseph. – Minha voz estava firme, ao contrário do restante do corpo.

– Quem está falando?

– Laura Gheler. Não me decepcione afirmando que nunca ouviu falar de mim.

Se ficou surpreso, ele não demonstrou.

– Como conseguiu este número?

– Da mesma maneira que você conseguiu encontrar minha família. Pagando.

O primeiro instante de hesitação.

– O que quer?

– O óbvio. Minha família de volta.

Mais alguns segundos em silêncio.

– Seria mais fácil se juntar a eles.

– Em seus sonhos, quem sabe.

– Até o momento, você conseguiu provar que não é estúpida. Então, sabe que seu filho também se juntará a nós. É questão de tempo.

Meu sangue ferveu. Os sinais de insegurança se evaporaram.

– Você morre antes disso.

Joseph gargalhou com vontade.

– Você morou muito tempo com supersoldados para imaginar que teria capacidade de fazer algo assim. Se entregue, Laura. Garanta que cuidem do seu filho. Prometo deixar Silvia responsável por ele.

– Nunca duvide da minha capacidade... Senador Hamilton.

Escutá-lo ofegar foi um bálsamo.

– Essa informação não irá salvá-la.

– Veremos. Voltarei a ligar. Quem sabe tenha outra proposta para me fazer.

– Espere, Laura...

Desliguei e encostei-me ao carro. Se desse mais um passo, cairia. Minhas pernas tremiam descontroladas.

– Vamos lá, Laura. Você precisa sair daqui! – comecei a me motivar. Havia grandes possibilidades de o telefonema ter sido rastreado. Precisava ir embora.

Entrei no carro e, ainda tremendo, dei a partida. No meu ventre o bebê mexeu, me advertindo de que já passara da hora de consultar um médico.

Passei o mês seguinte viajando pela Alemanha, não permanecendo mais de duas noites na mesma cidade. De volta a Colônia, o cansaço foi mais forte. Sendo procurada ou não, permaneceria ali por alguns dias.

Na mesma semana marquei consulta com o obstetra recomendado por uma funcionária do hotel. O Dr. Frederico Bernardi, um bondoso senhor de cabelos brancos, me conduziu ao seu consultório, onde me encheu das perguntas de praxe, como a data da minha última menstruação. Como não fazia ideia, disse a ele a data provável da concepção, o que me deixava com vinte semanas de gravidez. Evitei dizer que era a minha primeira consulta pré-natal.

– Nesta fase é recomendado um exame morfológico. Gostaria de fazer hoje?

– Sim! – a ansiedade em ver o bebê era forte.

Uma enfermeira me conduziu à sala de exames, onde fui orientada a deitar em uma cama de hospital. A enfermeira, então, ergueu minha camiseta e começou a passar um líquido gosmento e gelado na minha barriga.

– Está confortável? – ela perguntou, eficiente.

– Sim, obrigada.

– O médico já vem – avisou, antes de sair da sala.

O Dr. Bernardi entrou logo depois, sentou-se ao meu lado e passou a escanear minha barriga, num minucioso exame. O bebê era visível na tela, e seu coração batia acelerado.

E o meu também.

Até aquele momento não tinha real noção da importância do que estava acontecendo comigo. Saber que não sobreviveria ao parto me impedira de criar laços com o bebê, os quais não seriam mantidos depois. De certa forma, o via apenas como filho do Alex, a quem ele realmente iria pertencer.

Mas agora, vendo-o naquela tela, real, com membros formados e um coração batendo, me dei conta de estar negligenciando o que havia de mais real na minha vida: o amor de uma mãe pelo filho. E se só restassem meses de convivência, eu os aproveitaria ao máximo.

Em vez de somente protegê-lo, eu o amaria.

– O bebê está com tamanho e peso normal para sua idade gestacional – explicou o Dr. Bernardi –, mas, puxa, ele é bem desenvolvido!

– Como assim? – perguntei, assustada com a possibilidade de que ele percebesse algo de diferente.

– Não é nada para se preocupar – ele explicou, ajustando o aparelho numa posição melhor. – Por exemplo, os dedinhos estão todos formados, os olhos já estão bem centrados no rosto. Coisas que só deveriam acontecer em mais algumas semanas.

– Isso é anormal?

– Não é comum, mas está longe de ser anormal. Você sente ele se mexer?

– Muito pouco – menti, sabendo que naquele período gestacional não era comum a mãe sentir o bebê se mexer tão forte como eu sentia. – Apenas uma sensação estranha. Parece um formigamento na barriga.

– É assim mesmo. Mas do jeito que ele cresce, logo irá começar a chutar mais forte.

Da mesma maneira que queria muito que aquilo continuasse acontecendo, eu temia.

– Dá para saber o sexo, doutor?

– Sim. Eu já sei – ele fez suspense.

O Dr. Bernardi novamente procurou um melhor ângulo do bebê na tela, antes de descrever o que via.

– Aqui está. Órgãos genitais femininos.

– Uma menina!

– Quer colocar um nome?

Mais emocionada do que nunca, recordei o nome que havia visto no adesivo de um carro, ainda no Brasil, e do qual gostara muito.

– Bettina.

– Lindo nome! Se for parecida com a mãe, será linda em todos os sentidos.

Não havia malícia no elogio e me deixei me levar pela felicidade de que teria uma filha. Só faltava Alex ao meu lado.

Ele teria enlouquecido com a notícia.

Boa parte da euforia pela descoberta do sexo do bebê se fora com a nova mensagem de Ralf naquela madrugada. Queria que Robert soubesse das novidades, mas não confiava em Ralf para compartilhá-las com ele.

Devo parabenizá-la. Joseph ficou furioso com seu telefonema.

Porque a demora para entrar em contato?

Por que ele sabe que algum peixe grande está ajudando você. Estamos todos sendo vigiados.

Joseph não vai querer descontar nos Gheler?

Não existe esta possibilidade, mesmo que ele venha a te ameaçar com ela. São muito valiosos, e Joseph sabe disso.

Eles estão bem?

Sim.

Queria muito acreditar nele.

Qual o próximo passo?

Você vai ligar de novo para Joseph. Um telefonema rápido. Ele grampeou o telefone.

E vou dizer o quê?

Que tem documentos provando o envolvimento dele com experiências genéticas.

E ele vai acreditar?

Você tem as provas, Laura. Só não sabia disso. Ainda.

Onde?

Robert possui estes documentos, mas estão no Brasil. Terá de ir buscá-los.

Voltar ao Brasil. Aquilo parecia maldade.

Voltar ao Brasil era reabrir a ferida que havia cicatrizado nos últimos cinco anos.

Quando devo ir?

A pressa é sua.

Onde exatamente estes documentos estão?

Vá a Curitiba e me contate quando chegar. Passarei novas instruções.

No dia seguinte comprei passagem para São Paulo, com embarque no Charles de Gaulle, em Paris. Como o embarque seria noturno, na manhã da viagem, nos limites de Colônia, estacionei próximo a um telefone público. Respirei fundo antes de completar a ligação.

Ele deve ter visto o número, pois atendeu ao primeiro toque.

– Laura?

– Olá, Joseph. Podemos conversar?

Admirei-me pela minha confiança.

– Você demorou a ligar.

Sua voz estava controlada.

– Antes tarde do que nunca.

– Tenho de admitir. Ou é muito idiota ou muito corajosa.

– Um pouco de cada. Quando os libertará?

– Está demente se cogita de verdade essa possibilidade. – Ele havia perdido a paciência. – Entenda de uma vez por todas, Laura, eles são valiosos. Não irei abrir mão deles.

– Eles não irão lutar por você! Então, por quê?

– Para garantir que não lutarão por mais ninguém.

Era a hora do tudo ou nada.

– Tenho documentos que provam sua ligação com a criação dos supersoldados. Se não os libertar, vou à imprensa.

– Ameaças não vencem guerras.

– Vou provar que não é uma ameaça.

– Quando?

– Liberte-os. Ambos ganhamos com isso.

– E se eu os matasse?

A ameaça sobre a qual Ralf me alertara que poderia ocorrer. Mesmo assim ela me atingiu em cheio.

– Trancados eles já estão mortos!

Desliguei, com medo do rastreamento. Desliguei, com medo de fraquejar ao ouvir ameaças contra Alex.

Seis horas depois estava no aeroporto, devolvendo o carro alugado. Ao fazer o check-in, meu coração pulsava de ansiedade. Estava voltando para casa.

11

HOTEL FAZENDA GHELER

Apesar da expectativa de voltar a Curitiba, estava insegura quando desembarquei em São Paulo. Com medo de ser reconhecida – uma idiotice, afinal não era famosa e tivera poucos amigos –, fui ao salão de beleza onde pintei os cabelos num tom avermelhado e comprei lentes de contato verdes.

No dia seguinte desembarquei em Curitiba. Como presente de boas-vindas, o céu estava completamente azul, sem uma única nuvem a invadi-lo, o que tornou a vista área da minha cidade do coração ainda mais deslumbrante.

Depois de pegar as malas, dirigi-me ao balcão de uma locadora de carros.

– Bom dia! Em que posso lhe ajudar? – perguntou a atendente, simpática.

– Gostaria de alugar um carro durante alguns dias.

– Fez reserva?

– Não.

– Alguma preferência de modelo?

– Modelo, não, mas quero vidros escuros e blindagem.

Ela pareceu momentaneamente confusa pela solicitação. Com certeza minha aparência – jeans, camiseta e All Star – não combinava com a de alguém que precisava da segurança de um veículo blindado.

– Isso limita nossas opções.

Depois de estudar a tela de seu computador por alguns instantes, ela a virou para mim.

– Estes são os únicos veículos disponíveis.

Optei por um Land Rover.

– Seus documentos e cartão, por favor? – Houve desconfiança em seu semblante, até o momento em que ela conferiu o limite do cartão e voltou a sorrir.

Depois de acertadas as formalidades, segui em direção ao centro de Curitiba. Na saída do aeroporto peguei a mesma avenida pela qual costumava trafegar para ir ao haras. Recordações voltaram como flashes na medida em que ia passando por locais onde vivenciara tantas coisas. Foi difícil não parar e chorar.

Enquanto registrava minha hospedagem no Bourbon, fui novamente vítima de olhares duvidosos que só cessaram com a conferência do cartão. Perguntei-me se não seria o caso de comprar roupas mais formais. Pessoas com aparência de rica decerto não passavam por constrangimentos como aqueles.

No quarto, a primeira providência foi ligar o computador e mandar uma mensagem a Ralf. A resposta demorou alguns dias e, quando veio, não era das mais animadoras.

Segundo Robert, os documentos ficaram em seu escritório. Precisará ir lá recuperá-los.
Escritório? Onde?
Onde ele residia. No haras!

Devia ser piada. Como poderia voltar ao haras quando todos achavam que eu estava morta?

Não posso voltar lá. Isso sem contar que os novos donos devem ter jogado tudo fora.
Os documentos ficaram escondidos num compartimento camuflado no chão. Quanto a poder voltar ou não lá, o problema é seu.

Ralf sabia como ser motivador.

Só volte a entrar em contato quando estiver com esses documentos. Passarei a você o endereço eletrônico de Joseph, e alguns e-mails poderão ser mandados para confrontá-lo. Boa sorte, Laura.

Suas primeiras palavras gentis.

Pesquisando no Google, descobri com espanto que o haras havia se tornado o Hotel Fazenda Gheler. A ferida se abriu.

Ao mesmo tempo em que estava triste pelo fato de que os funcionários de Alex não conseguiram manter o haras e, possivelmente, perderam seus empregos, fiquei aliviada. As chances de ser reconhecida haviam diminuído bastante.

Telefonei para fazer reserva.

– Hotel Fazenda Gheler, boa tarde!

– Boa tarde. Gostaria de fazer uma reserva.

– Para que data?

– Isso vai depender das acomodações. Há quartos no térreo? – precisava ficar próximo ao escritório. Quem sabe ele mesmo não teria sido transformado em quarto?

– Sim. Dois.

– Gostaria de reservar um deles. Quando estiver disponível.

– Será desocupado nesta quinta-feira, pela manhã. Quantos dias?

– Três. – Calculei que fosse tempo suficiente.

– Em nome de quem?

– Laura Andrade.

– Quantas pessoas?

– Somente uma.

– Está reservado. Sabe como chegar?

– Sim. Obrigada.

Pronto. O primeiro passo estava dado.

Como não havia mais nada a fazer além de esperar pelos próximos dois dias, me dediquei a atividades supérfluas. Primeiro comprei roupas sofisticadas, que condiziam com a minha nova condição de dona de casa rica e enfadada, viajando sozinha. Depois fiz passeios nostálgicos pela cidade. Passei em frente ao prédio onde morara sozinha e depois no prédio que dividira com Alex, na faculdade, nos restaurantes que frequentava com minhas amigas e nos parques que caminhava aos domingos. Estava me torturando, mas as lembranças compensavam as tristezas.

A quinta-feira amanheceu linda e calorosa. Coloquei algumas roupas na mala para levar ao haras, decidindo deixar a maioria das coisas no quarto do hotel, entre elas o computador. Avisei na portaria que iria percorrer a região no fim de semana, e como já havia pagado por um mês de hospedagem, não houve perguntas embaraçosas.

Voltar ao haras era como voltar no tempo. Minhas mãos ao volante sabiam exatamente a direção a seguir, sem que precisasse pensar. E naqueles anos nada havia mudado.

Somente quando cheguei à curva onde havia me acidentado com Ema foi que um calafrio se sobrepôs à nostalgia. Cheguei a desacelerar o carro. Um chute forte do bebê me fez voltar à realidade e ao que precisava fazer. Voltei a acelerar e segui em frente.

O muro que cercava o haras continuava com as mesmas plantas a camuflá-lo, só que agora havia várias placas anunciando a chegada ao hotel e as atividades oferecidas. Outro diferencial era o portão escancarado, à espera de seus visitantes, o que nunca havia ocorrido na época da família Gheler.

O gramado defronte à casa continuava lindo como eu recordava, tendo sofrido pequenas modificações próximo à escadaria, onde agora ficava o estacionamento de carros dos hóspedes. A casa, em compensação, não havia sofrido nenhuma mudança em sua fachada, e parecia tão deslumbrante e familiar como nunca.

Mal estacionei o carro, um rapaz bem-disposto veio abrir a porta para mim.

– Bem-vinda ao Hotel Fazenda Gheler. Hospedagem ou passar o dia? – ele perguntou sorrindo.

– Hospedagem.

Era difícil não ser contagiada pelo bom humor dele.

– Eu carrego a bagagem.

– É somente esta mala.

Ele tirou a mala do banco de trás. Fechei o veículo e o segui, como se não conhecesse o local.

– É muito lindo! – comentei emocionada no alto das escadas. Queria tirar os óculos escuros para não perder um detalhe, mas, apesar das lentes de contato coloridas e dos cabelos vermelhos, temia ser reconhecida por algum funcionário remanescente.

– Tenho certeza de que a... – ele olhou minha aliança antes de continuar – senhora vai apreciar muito.

– Também tenho.

As escadas de acesso à sala e aos quartos continuavam no mesmo lugar, mas a sala havia sido modificada em vários ambientes, ganhando diversos sofás ao redor de uma enorme lareira. No deck, a piscina havia sido retirada, dando lugar a uma nova área coberta e cheia de mesas, mas com o mesmo fundo de vidros e uma espetacular vista para o vale e a mata atlântica.

Na descida da escada havia um imenso balcão de mogno, onde a recepcionista, uma adolescente de pele cor de jambo, me aguardava. Reconheci-a como sendo Camila, filha de um dos funcionários de Luís. Desisti de tirar os óculos.

– Boa tarde! – ela cumprimentou educada.

– Boa tarde. Reserva em nome de Laura Andrade.

Ocorreu-me de que deveria ter mudado o primeiro nome. Aquele poderia lembrá-los da Laura que vivera ali.

Estava começando a ficar paranoica.

– Claro. Pode preencher esta ficha, por favor.

– Sim.

Preenchi com os dados que constavam nos documentos falsificados e inventei um endereço qualquer. Seria difícil eles checarem.

– Cobramos cinquenta por cento do valor da hospedagem adiantado.

– Prefiro pagar tudo agora. Se gostar, pretendo ficar mais alguns dias – afirmei simpática, lhe entregando o cartão de débito.

Camila sorriu aliviada. Pelo jeito, considerava um constrangimento cobrar a hospedagem adiantada.

Depois de terminadas as formalidades, Camila e o carregador de malas me acompanharam para o lado onde antes ficava a cozinha, que agora dava lugar a duas suítes. Para meu desânimo, o escritório ficava do outro lado da casa.

– Viagem de férias? – Camila perguntou.

– Não deixa de ser. Meu médico disse que estou estressada e me recomendou o hotel.

– Não há lugar melhor para relaxar. Seu marido não pôde vir?

– Não. Infelizmente não.

– Você está grávida? – somente uma adolescente faria uma pergunta tão direta.

O carregador deu uma olhada sutil para minha barriga. Com quase cinco meses estava me achando imensa, mas, pela dúvida em seu semblante, era só impressão minha.

– Sim. De cinco meses.

– Parabéns – ela sorriu, satisfeita.

Dei a eles uma generosa gorjeta e me senti aliviada por ficar sozinha. Desfiz a mala, coloquei uma roupa mais confortável e saí para explorar o local. Não sem antes colocar um boné e os óculos escuros.

Várias modificações haviam sido feitas na parte posterior do haras. Num canto, o terreno tinha sido aplainado, onde construíram duas piscinas enormes com tobogãs. Ao fundo, havia quiosques com churrasqueiras e outras construções, como sala de jogos e sauna. No lugar onde antes havia os estábulos, agora existia um playground e uma fazendinha com animais de pequeno porte. Uma placa indicava para qual lugar os estábulos haviam sido removidos, sendo oferecidos carros elétricos para travessia do terreno.

Hesitei alguns minutos antes de pegar um dos carros e ir até lá, mas a vontade de ver os cavalos foi mais forte.

Da área onde agora estavam os estábulos, tinha-se uma ampla visão de todo o haras. Tive de admitir que seu proprietário atual tivera bom senso em suas modificações. O lugar estava lindo e bem conservado.

Os estábulos eram novos e brancos, com detalhes em vermelho. A área de passeio era enorme, rodeada por cercas brancas com flores coloridas em todo o seu comprimento. Todos os funcionários vestiam o mesmo macacão jeans com emblema do hotel, e a maioria cuidava dos vários cavalos vistosos.

– Boa tarde – me cumprimentou um deles. – Interessada em montar um de nossos tesouros?

– Oh, não! Obrigada. – O desejo de montar era forte, mas não sabia se grávidas podiam se dar a esse prazer. – Só quero olhar os cavalos. Posso?

– Claro! Fique à vontade e chame se mudar de ideia.

O corredor do estábulo era imenso, e na maioria das baias havia cavalos brilhando de tão bem escovados. Não sabia que os estava procurando, até encontrá-los no final da construção.

Alladim e King. Um ao lado do outro. Como se fosse um aviso.

Alladim permaneceu recluso em seu canto, mas King, ao reconhecer meu cheiro, se aproximou.

– King! – sussurrei, antes de acariciar sua testa.

Não estava preparada para sua reação. O cavalo começou a relinchar alto, mostrando seus dentes em sinal de alegria e reconhecimento.

– Calma, King! Também estou feliz em rever você – disse, na tentativa de acalmá-lo.

– Ele nunca se comporta assim – afirmou uma voz conhecida às minhas costas. – Gostou de você.

Virei-me de lado, apenas o suficiente para cumprimentar Carlos com a cabeça, antes de voltar minha atenção a King. Será que ele havia escutado eu falar com o cavalo com tanta intimidade?

– É um cavalo lindo.

– Ele só reagia assim com sua antiga dona.

Meu sangue gelou. Não devia estar ali.

– Vai ver usamos o mesmo perfume.

– Quer montá-lo?

Uma nova emoção me dominou.

– Não sei se posso. Estou grávida.

– Ah! – ele agora estava ao meu lado, e sua atenção voltou-se à minha barriga. – Não sou médico, mas já vi várias gestantes montando. Claro que teria que ser um cavalo mais manso. Não sei se você conseguiria dominar o ímpeto do King.

Tinha certeza de que poderia domá-lo, mas fiquei triste por não poder provar.

– Melhor tentar daqui a alguns meses.

Acariciei King mais algumas vezes, numa despedida muda, antes de me afastar.

– Obrigada por sua atenção.

– Sempre ao seu dispor.

Sem dar chance de Carlos falar comigo novamente, dei-lhe as costas e me encaminhei ao carrinho elétrico. Mesmo assim, pude sentir seu olhar queimar em minha nuca.

Alegando indisposição, pedi um lanche no quarto. Camila levou a bandeja para mim, assim como alguns livros e vídeos para me entreter.

Quase beijei suas mãos.

Na hora do jantar, aproveitei para explorar a casa, descobrindo que a cozinha e a lavanderia haviam sido transferidas para onde antes era a garagem no subsolo. No corredor do lado oposto ao meu quarto, a porta de onde era o escritório de Robert estava entreaberta. Com cuidado, espiei o suficiente para confirmar que continuava se tratando de um escritório. Estava tentada a entrar quando uma voz feminina e familiar me fez recuar. Possivelmente alguma funcionária antiga.

Voltei para o quarto e tentei dormir, sem sucesso. Às quatro horas da manhã, vestindo calça jeans, moletom preto e meias, atravessei o hall vazio, indo direto ao escritório. Por sorte a porta não havia sido trancada. Dentro do cômodo, acionei a lanterna de LED e fechei os olhos, tentando esquecer a decoração moderna que dominava o ambiente, concentrada em me lembrar como era o escritório antigo.

Seria uma tarefa difícil. Além de não conseguir enxergar bem com a luz fraca, o escritório era enorme e com móveis pesados. Duvidava que pudesse remover alguns sem ajuda.

Comecei com o canto extremo direito da porta. Abaixei-me de joelhos no chão e comecei a tatear em busca de alguma depressão, alguma tábua fora de lugar, qualquer coisa que pudesse identificar uma possível abertura. Estava tão absorta na tarefa que não escutei a porta sendo aberta. Meus sentidos só entraram em alerta quando as luzes foram bruscamente acesas.

Mas aí, era tarde demais.

12

REENCONTRO

— O que está acontecendo aqui? — a voz masculina exigiu saber.

Meu coração acelerou, minhas mãos tremeram. Não pelo fato de ter sido flagrada como uma ladra, engatinhando furtivamente com uma lanterna pelo escritório de um hotel, mas por causa da voz. Uma voz que conhecia há anos. Uma voz que reconheceria em qualquer lugar e nunca esqueceria.

Uma voz que jamais esperaria escutar ali.

Os passos se aproximaram firmes e rápidos, e antes que eu pudesse fazer ou dizer algo, uma mão de ferro se fechou no meu braço esquerdo, erguendo-me bruscamente do chão.

— Perguntei o que é...

Ao ver meu rosto, Guilherme me soltou tão rápido quanto havia me segurado, como se houvesse levado um choque violento. Seu rosto estava lívido enquanto ele dava alguns passos para trás, ainda tentando entender o que via.

— Mas que diabos...

— Guilherme...

Assim como ele, eu estava em choque e não sabia o que falar.

"Oi, Guilherme, quanto tempo... pois é, estou viva." Tudo parecia estúpido demais. Parti para a praticidade.

— O que *você* está fazendo aqui?

Ele piscou algumas vezes, aturdido, antes de falar.

— O que significa isso...? Laura? Como... O que *você* está fazendo aqui?

— Eu...

Tentei dar um passo em sua direção, mas ele ameaçou recuar, e desisti. Nunca o vira tão bonito. Seus músculos pareciam maiores do que nunca. O tempo havia sido generoso com Guilherme.

— Você me deve... uma explicação! — ele afirmou seco. Seus olhos verdes, normalmente tão amorosos, pareciam duas pedras de gelo.

— Eu sei.

Um cansaço sem precedentes me dominou. Desabei na cadeira que havia atrás da enorme mesa de mogno, onde estivera procurando pelos documentos. Minhas pernas bambas agradeceram.

Guilherme se sentou à minha frente, do outro lado da mesa, me encarando como se ainda não estivesse certo sobre o que estava vendo.

– Isso é alguma brincadeira?

– Não. Infelizmente, não!

Ele não fez novas perguntas. Continuou me encarando sério, esperando que eu começasse a me explicar. Em seus olhos não havia mais vestígio de choque, somente raiva.

Mas eu continuava em choque. Encontrá-lo havia reavivado emoções que julgava mortas há muitos anos.

O silêncio se tornou constrangedor. Obriguei-me a falar.

– Vou contar tudo a você – justifiquei, antes de puxar o ar pesado para os pulmões, tentando controlar a respiração rápida.

Quando me senti preparada para começar a falar, me dei conta de que não podia e não queria recuar. Precisava compartilhar o peso que havia em minhas costas com alguém, mesmo que isso parecesse mesquinho naquele momento: a responsabilidade pela libertação de Alex e sua família; o fato de que em menos de quatro meses estaria morta e sem ninguém para cuidar da minha filha. Precisava contar tudo isso a alguém, e naquele momento não haveria pessoa melhor no mundo para isso do que Guilherme. Aquele que sempre deixara claro que faria qualquer coisa por mim – pelo menos até saber de toda a verdade.

Além de qualquer argumentação, eu precisava que alguém cuidasse de mim.

Antes, porém, de que começasse a falar, ele me interrompeu.

— Sempre soube que você estava viva — falou, magoado. — Disse a todos que enquanto não visse seu corpo, não acreditaria na sua morte. Mas parei de falar quando me orientaram a procurar um psiquiatra que me ajudaria a esquecê-la. Afirmavam que eu estava obcecado.

— Como poderia saber disso? — sussurrei, me sentindo culpada.

— Porque nunca consegui tirar você daqui. — Ele apontou para o peito. — Nunca!

— Guilherme, me desculpe, eu...

— Nunca aceitei que não a veria mais. Isso era inconcebível — ele continuou, rude. — E agora, sua presença aqui... Na minha frente... Eu sempre estive certo...

Como eu podia ter feito aquilo? Mesmo depois de tudo, as palavras de Guilherme mostravam, antes de mais nada, o quanto eu era importante para ele.

— Onde esteve todos esses anos? Por que mentiu pra todos? — ele perguntou, ainda intenso, me olhando nos olhos.

Não consegui desviar o olhar.

— É uma longa história.

— Tenho todo o tempo do mundo — ele respondeu sem emoção.

Pigarreei, sentindo a garganta seca. Guilherme, numa demonstração de gentileza, levantou-se e pegou uma garrafa de água mineral no frigobar, colocando-a aberta na minha frente.

Tomei um grande gole e me senti melhor.

— Comece — ele ordenou.

Obedeci. Contei tudo. Contei sobre a família de Alex, o que eles eram e o porquê de ele relutar tanto em assumir nosso relacionamento. Contei sobre todas as ameaças a que me expusera ao casar com ele, e como elas se concretizaram no meu sequestro com Ema.

Até aquele ponto, Guilherme havia permanecido impassível, frio. Mas quando narrei tudo o que se passara na Venezuela, sua expressão sutilmente se modificou em algo mais que não consegui identificar.

Contei da fuga do cativeiro e do fato de ter de matar dois irmãos para que isso fosse possível. Contei da nossa vida em alto-mar, do nascimento de Samantha, dos inúmeros lugares em que moramos até a compra de nossa casa em Milão. Falava sem pausas, e Guilherme não me interrompia, o que era bom. Precisava desabafar. Como havia imaginado antes de começar, me sentia mais leve.

Finalmente contei sobre a captura da família de Alex por mercenários, e como, a partir daquele momento, passara a viver sozinha e sem local definido. Contei sobre o contato que havia dentro do Laboratório e sobre como, para obter a libertação deles, eu fora obrigada a voltar ao Brasil.

— E agora estou em Curitiba, vivendo o que mais temia: ser reconhecida por alguém que não merecia descobrir.

Ele ignorou minha culpa.

— Por que você está aqui no haras? Nostalgia?

Depois de tudo o que havia contado, a indiferença dele foi como uma bofetada na cara.

– Não. Há muito tempo deixei de ser nostálgica. Vim procurar alguns documentos que Robert deixou guardados aqui. Nesse escritório.

– Se ainda não reparou, os móveis que haviam aqui foram doados. Não encontrará nada daquele tempo.

Sua frieza incitou minha raiva. Não me sentia mais culpada por ele.

– Não estavam nos móveis, mas em algum tipo de esconderijo. O que você está fazendo aqui, Guilherme?

Ele levantou-se e começou a caminhar.

– Sou dono do hotel.

– Como...? – tentei compreender, aturdida.

– Comprei-o cerca de um ano depois da sua fatídica morte, quando os herdeiros e funcionários de Alex estavam conseguindo a façanha de falir o haras – ele explicou, sarcástico.

– Por que não mudou o nome para Canção? Por que manteve Gheler?

– Porque era um nome consolidado. Apenas negócios, Laura. Ao contrário do que possa pensar, não foi uma homenagem póstuma à família de assassinos que você escolheu.

– Eles não são assassinos! – minha voz se elevou.

– Eles mataram você! Mataram você pra mim e pra sua família. Que nome daria a eles?

O alívio de desabafar com Guilherme desapareceu. Mas, afinal, o que eu esperava? Que ele me abraçasse?

Que dissesse que não importava que eu tivesse mentido para ele? Era óbvio que não seria fácil assim.

Não podia ficar me martirizando pela raiva dele. Não tinha tempo para isso.

– Como proprietário do haras, gostaria de pedir sua permissão para procurar pelos documentos que Robert escondeu aqui no escritório.

Ele me analisou por alguns segundos.

– É isso mesmo que você quer? Continuar se arriscando por causa deles, quando o destino lhe oferece uma nova chance de retomar sua vida?

– Não se trata de escolha, Guilherme. Preciso ajudá-los!

Ele demorou a responder.

– Vou ajudá-la. Não agora! – ele se apressou em deixar claro, ao vislumbrar o brilho de esperança em meus olhos. – Preciso descansar e colocar a mente em ordem.

– Guilherme...

– Não foi nada agradável chegar de viagem e encontrar alguém se esgueirando em meu escritório como um ladrão. Ainda mais alguém que deveria estar morta há anos.

Era um bom argumento. Mesmo assim não pude impedir as lágrimas de rejeição.

– Nunca irá me perdoar, não é?

– Não é questão de perdão. Você precisa de ajuda e a terá. Não me peça mais nada do que isso.

– É suficiente. – Queria acrescentar *por enquanto*, mas estava receosa de testar os limites de sua paciência.

– Teremos de fazer isso nos próximos dias, antes que Melissa volte. Não é uma boa ideia ela reconhecer você.

– Melissa? Vocês ainda estão juntos? – perguntei, tentando não parecer acusadora, como o ciúme que senti me incitava a ser.

– Sim. Ela administra o hotel, mas viajou ontem à noite.

A voz que eu havia escutado no escritório. Tinha sido por pouco.

Levantei e caminhei para a porta.

– Vou deixar você descansar. Avise-me quando eu puder vir e... obrigada, por enquanto.

– Laura...

Virei-me para ele, já com a porta aberta.

– Sim, Guilherme?

– Não gostei da cor do seu cabelo.

Consegui sorrir.

– Pra falar a verdade, eu também não. Descanse.

Voltei para o quarto e coloquei o pijama, antes de deitar na cama e puxar as cobertas até o queixo. O fato de Guilherme saber de tudo e, ainda que de forma fria, me aceitar em sua vida de novo, aliviou muitas das minhas tensões. Pela primeira vez, desde que Alex fora embora, consegui dormir durante horas sem a ajuda de medicamentos. Não houve sonhos, nem nenhum tipo de interrupção.

Sabia que Guilherme me protegeria.

Só voltei a encontrar Guilherme na hora do almoço. Atencioso, ele sentou ao meu lado, como se nunca houvéssemos nos separado, mas seu humor ainda não estava dos melhores.

– Depois de terminarmos, podemos ir ao escritório começar a procurar.

– Obrigada! Você não faz ideia de como isso é importante pra mim.

– Infelizmente, eu faço – ele afirmou, sem me encarar.

Guilherme se levantou e foi conversar com um dos funcionários. Flagrei-me admirada por sua beleza – seus cabelos loiros com mechas escurecidas pelo sol, assim como a pele. Os olhos continuavam de um verde turquesa, e o corpo... o corpo de Guilherme estava indescritível, como se tivesse sido esculpido. Poderia facilmente ser confundido com um supersoldado, ainda mais com a força que demonstrara na noite anterior ao apertar meu braço e me levantar do chão como se eu fosse uma boneca. A grande mancha roxa semelhante a uma argola, no lugar que ele me apertara, comprovava isso.

– Por que está me olhando? – perguntou, incomodado, ao voltar para a mesa.

Senti meu rosto esquentar.

– Nada. – Fingi estudar a paisagem do outro lado. – Devo parabenizá-lo pelas mudanças que fez por aqui. Ficou perfeito.

– Obrigado. Não foi fácil. Investi muito e só agora estou tendo retorno financeiro.

– Mas gosta do que faz.

– Muito. Senão estaria viajando pelo mundo como fiz aquela vez.

– Você me assustou aquela vez.

– Nem de longe bateria seu recorde.

Mesmo sabendo que não tinha o direito de me irritar com seu mau humor, suspirei ruidosamente antes de me levantar.

– Vou escovar os dentes. Te encontro no escritório.

– A pressa é su... – a voz dele sumiu.

Olhei para seu rosto. Estava contorcido numa careta de perplexidade. Seus olhos fixos na barriga, que minha blusa branca e justa não fazia questão de esconder.

Havia esquecido que não contara a ele sobre o bebê.

– Vamos conversar no escritório – ele ordenou. Sem terminar seu almoço, levantou-se bruscamente da mesa e saiu pisando duro.

Chocada e com raiva por ter sido descuidada e insensível, segui atrás dele. Ao entrar no escritório, Guilherme entornava uma dose extravagante de uísque. Ele permaneceu em silêncio, sentindo o líquido queimar, antes de se voltar à garrafa e encher o copo novamente.

– Por que não me contou? – perguntou sem me encarar.

– Acho que estava com medo da sua reação.

– Medo de mim? – repetiu, sorrindo triste.

– Que diferença faz?

Ele tomou outro grande gole antes de se virar e colocar o copo na mesa.

– Diferença nenhuma. Vamos ao que interessa. Onde devemos procurar?

Entrei no jogo dele e evitei confissões pessoais.

– Só me disseram que estaria no chão. Deduzo que seja alguma tábua solta.

Assim como eu havia feito na noite anterior, Guilherme se ajoelhou e começou a sentir o chão com as mãos. Fui para o outro lado da sala, e estava me abaixando quando ele me interrompeu.

– Não precisa fazer isso. Eu faço por você.

– Estou grávida, Guilherme, não doente. E quanto antes encontrarmos os papéis, mais rápido vou deixá-lo em paz – disse, mais amarga do que pretendia.

Consegui atingi-lo. A máscara de fúria foi substituída pela surpresa.

– Em momento algum disse que gostaria que fosse embora.

– Nem precisa. Agradeço pela ajuda e pelo fato de não revelar a ninguém a verdade.

Com medo de falarmos algo de que pudéssemos nos arrepender, começamos a trabalhar em silêncio. No decorrer da tarde, poucas palavras foram trocadas, e sempre relacionadas ao que estávamos fazendo. Na medida em que a área estudada aumentava, minhas esperanças em encontrar os documentos minavam.

Guilherme percebeu minha aflição.

– Tem certeza de que era neste cômodo? – perguntou, gentil.

— Absoluta. O escritório de Robert era aqui. Não havia outro.

— Você está pálida, Laura. Tem de descansar. Comer alguma coisa.

— Eu sei. Minhas costas estão doloridas e o bebê não para de chutar.

Ele aproximou-se cauteloso.

— Com quantos meses você está?

— Cinco. Quer sentir?

Ele se mostrou surpreso com a proposta, mas tomou a iniciativa e colocou a mão sobre a minha barriga.

Bettina ficou agitada.

— Uau! Ele sempre mexe assim? — perguntou sem perceber o sorriso luminoso que tomava conta do seu rosto.

— Ela. É uma menina. E, sim, ela sempre mexe assim.

Sem pensar no gesto, coloquei minha mão sobre a dele para mantê-lo ali, comigo, como se isso fosse suficiente para ele criar laços com Bettina.

— Mas é normal?

— Acho que não. Mas ela é um supersoldado, não é? É difícil saber o que esperar.

Ele virou a palma de sua mão para a minha, entrelaçando-as, antes de me abraçar. Somente naquele momento me dei conta do quanto precisava daquele abraço. Do conforto dos braços de Guilherme.

— Senti sua falta — ele confessou emocionado, com a testa encostada na minha.

— Eu também. Nunca vou me perdoar pelo quanto fiz você sofrer.

Ele recuou para me olhar.

— Você não precisa de perdão. Você foi tão vítima quanto eu.

— Foi a vida que escolhi.

— Foi a vida que ele lhe impôs.

Cheguei a abrir a boca para revidar, mas desisti. Não queria discutir com Guilherme. Não quando ele estava me aceitando de volta.

— Os meus pais, Guilherme. Como eles estão? E os meus irmãos?

Sem soltar nossas mãos, ele me conduziu para o sofá e me fez sentar ao seu lado, antes de responder.

— Eles sobreviveram, Laura. Não foi fácil para ninguém, imagine para eles.

— Oh, meu Deus! O que eu fiz? — As lágrimas de culpa voltaram com força total, como se os fatos tivessem ocorrido ontem.

— Para os seus irmãos foi mais fácil. Eles eram novos e você já estava fora de casa há um bom tempo. Agora são dois adolescentes altos e magricelas que não vão deixar a mulherada em paz em Dois Vizinhos.

A descrição afetuosa me animou um pouco.

— Já para o Paulo e a Eliete... Foi complicado. Sua mãe entrou em depressão. Não cuidava mais da casa. Passava horas na lápide que fizeram em sua homenagem. Paulo teve de ser o forte, mas no fundo ele sofria tanto quanto ela. Mas nada como o tempo para fechar as feridas, e aos poucos eles voltaram à vida normal. Tão normal quanto possível.

– Queria tanto poder contar que estou bem.
– E por que não conta?
– Não posso.
– Eles vão te perdoar.
– Eu sei. Mesmo assim não posso. Eles não estariam em segurança.
– Tudo bem – ele voltou a me abraçar. – Estou aqui agora. Ninguém vai chegar perto de você. Eu prometo.

Como queria que fosse tão fácil.

– Vá descansar no seu quarto. Vou mandar levarem alguma coisa pra você comer.
– Tudo bem – concordei sem vontade. Não queria ficar sozinha.
– Preciso trabalhar um pouco, dar uma olhada nos estábulos – ele justificou ao me ver relutante. – Mais tarde passo no seu quarto.

Ele me ajudou a levantar e me conduziu até a porta. Coloquei-me na ponta dos pés e beijei seu rosto.

– Obrigada por me aceitar em sua vida de novo.

Ele segurou minha nuca, impedindo que me afastasse.

– Laura, você nunca saiu dela!

13
DESCOBERTA

Ainda incomodada com a intensidade das palavras de Guilherme, e com o quanto havia gostado de ouvi-las, tomei um banho demorado para relaxar os músculos. Mal havia saído do banheiro quando Camila bateu na porta, trazendo com ela um carrinho contendo café, pão, bolo de laranja, geleias e uma fumegante tigela de sopa.

– Avisaram que você precisa se alimentar melhor. Até seus olhos estão mais escuros.

Droga! Havia esquecido de colocar as lentes.

– Às vezes uso lentes para leitura. Gosto das coloridas, mas meus olhos são dessa cor.

– Oh! – ela começou a arrumar a mesa. – Você já conhecia o doutor Guilherme?

Doutor?

– Sim. Mas não sabia que o hotel era dele.

– Quando quiser que venha buscar a louça é só me chamar.

– Obrigada, Camila. – Dei a ela uma generosa gorjeta, na esperança de que ela não falasse de mim com os outros criados. Nem da minha proximidade com o patrão deles.

Depois de comer tudo o que Camila havia trazido, me sentei na espaçosa cama, com as costas encostadas na cabeceira, e comecei a assistir a uma comédia romântica, gênero de filme que abandonara depois de ir embora do Brasil.

Estava cochilando quando acordei com uma batida leve na porta. Antes que pudesse dizer ou fazer algo, Guilherme entrou no quarto e sentou-se ao meu lado.

– Descansou? – ele perguntou enquanto segurava minha mão.

– Sim. O serviço é de primeira.

– Se quiser, não precisa mais ir embora.

– Vou pensar na sua proposta – falei sorrindo, numa tentativa de fazê-lo entender que não o havia levado a sério. – Preciso lhe agradecer.

– Pelo quê agora?

– Por cuidar do King. Ele está muito bonito.

– Ah! Você o viu?

– Sim. Ele me reconheceu.

– Reconheceu? – ele estava descrente.

– Sim. Relinchou e sorriu pra mim.

Guilherme riu com vontade.

– É impossível esquecer você.

– Mesmo assim, obrigada por ter cuidado dele.

– Ele me fazia lembrar de você – revelou Guilherme, dando de ombros. – Foi motivo suficiente para mantê-lo.

– Mas você também manteve o Alladim.

Ele fez uma careta.

– Um excelente reprodutor. Somente por isso.

– Quando voltaremos a vasculhar o escritório?

– Hoje não, por favor! Minhas costas e meus joelhos não iriam aguentar.

– Nem os meus.

– Amanhã de manhã, pode ser? – perguntou, conciliador.

– Pode.

Guilherme fez menção de levantar, e, mesmo sabendo que era errado e que me arrependeria mais tarde, segurei mais forte sua mão. Não podia admitir que ele me deixasse de novo.

– Fique mais um pouco. Assista a um filme comigo.

Ele pareceu surpreso com o pedido, mas abriu um largo sorriso.

– Claro. Até você dormir.

Guilherme colocou um filme que considerou suportável no leitor de DVD. Depois nos deitamos e eu ajeitei minha cabeça em seu peito. Ele ficou acariciando meus cabelos.

Não lembro em que parte do filme adormeci, mas acordei me sentindo apertada na cama. Aos poucos recobrei a consciência. Guilherme dormia abraçado a mim, com uma de suas mãos em minha barriga.

A situação seria confortável, se não fosse constrangedora.

– Sua filha acordou entusiasmada – ele disse no meu ouvido.

– Ela não sossega – respondi sem me virar para ele.

Ele percebeu meu embaraço.

– Está mais calma?

– Calma? Por que não estaria calma? – perguntei alarmada.

– Porque tentei ir embora, e você implorou para que não te deixasse sozinha. Não se lembra?

Fiz um esforço para lembrar, mas não consegui.

– Você disse que tinha poucos dias de vida e não queria mais ficar sozinha – acrescentou ao perceber que eu realmente não lembrava nada. – O que quis dizer com aquilo?

– Devia estar sonhando.

Levantei-me e sentei na beirada da cama. Guilherme havia dormido com a mesma roupa que estava na noite anterior: camiseta e calça jeans desconfortável.

– A parte do não querer ficar sozinha era verdade – confessei.

Ele mediu minhas palavras e sentou-se ao meu lado.

– Se depender de mim, você não ficará mais sozinha. Se não for ao lado de Alex, vai ser ao meu lado.

Dei-lhe um novo beijo no rosto.

– Obrigada.

– Não por isso. – Ele levantou e foi para a porta. – Ainda é cedo. Descanse. Às oito tomamos o café e retomamos a empreitada.

Foi mais um dia exaustivo, infrutífero e irritante de procura. Estava abalada com o fracasso e cogitava usar o computador do escritório para falar com Ralf. Precisava de mais detalhes de Robert. O tempo estava passando, e Melissa voltaria a qualquer momento.

– Algum dos funcionários viu você sair do meu quarto hoje de manhã?

A pergunta saiu sem que pensasse nela. O sorriso disfarçado de Guilherme, enquanto pegava uma cerveja no frigobar, foi resposta suficiente.

– Não sei quem viu, mas todos estão sabendo – respondeu.

– Você não parece preocupado.

– Por que deveria?

– Por causa da Melissa. Óbvio!

Ele se sentou ao meu lado no sofá, dando de ombros.

– Não tenho nada com a Melissa. Não mais – apressou-se em explicar. – Faz tempo que somos somente sócios.

– Não sabia disso.

– Além do mais, não aconteceu nada entre nós. Por que deveríamos nos preocupar com que os outros pensam?

A despreocupação me incomodou. Não parecia certo criar de novo tanta intimidade.

– Bom, vasculhamos tudo de novo. Acho que Robert esqueceu de passar algum detalhe.

– Isso é o que acontece quando se passa recados por terceiros – respondi, irritada pelo fracasso.

– Ei! A culpa não é sua. Amanhã tentamos de novo, se necessário na casa inteira.

Suspirei cansada.

– Obrigada, mas não sei até que ponto isso não é perda de tempo.

Ele se levantou de um modo brusco.

– Você está desanimada e sei o antídoto pra isso.

– Só um milagre poderia me animar agora.

– Não sei se é um milagre, mas o nome dele é King.

– King! Como gostaria de montá-lo! – afirmei, nostálgica.

– Então vamos aos estábulos fazer isso.

Encarei-o desconfiada.

– Agora?

– E tem melhor hora? – perguntou com os olhos brilhando. – Já é noite, a maioria dos funcionários já se recolheu... Ninguém irá nos incomodar.

– Será que não fará mal para o bebê?

Ele meneou a cabeça, impaciente.

– Você não vai participar de uma competição de saltos. Vamos só cavalgar. Pelo que lembro você gostava de fazer isso à noite.

– O King adorava.

– Vamos, então? – ele reforçou o convite, estendendo a mão para me ajudar a levantar. – O King deve estar querendo ver sua dona de novo.

Poucas pessoas circulavam pelo hall e pela sala quando saímos. Nos estábulos havia apenas dois funcionários cuidando dos últimos detalhes da alimentação dos animais, e não fizeram perguntas ou comentários ante a aproximação de Guilherme.

King novamente ficou todo excitado com a minha chegada. Parecia saber o que pretendia.

– Oi, meu lindão! – cumprimentei-o, encostando meu rosto nos pelos do seu pescoço.

– Vou selá-lo – avisou Guilherme, entrando na baia.

Com eficiência, ele preparou King e outro cavalo maravilhoso para montaria. Em poucos minutos cavalgávamos lentamente em direção aos vales.

King parecia saber que não podíamos correr e continha sua impetuosidade natural cavalgando lento, sem atropelos, como se estarmos juntos fosse suficiente. Até Bettina devia estar adorando, pois não se mexia.

Cavalgamos em silêncio. Tranquei os problemas e pressões num canto isolado da mente e preferi fantasiar como seria minha vida se Alex nunca houvesse aparecido. Possivelmente estaria naquela mesma posição, cavalgando sossegada com Guilherme, no Haras Canção, em Dois Vizinhos, como se o resto do mundo não existisse. Quem sabe até não estivesse grávida?

– Você está muito quieta.

– Estava tentando esquecer o resto do mundo.

– Devia ser fácil esquecer, não é?

Paramos no topo do morro. A visão da sede do haras, em suas luzes noturnas, era deslumbrante.

– Já disse que fez um trabalho magnífico aqui?
Ele sorriu.

– Já. Mas vindo de você é sempre bom ouvir.

– Não deve ser fácil administrar tudo.

– Não é. Mas gosto disso. Gosto do estresse, dos prazos, de pessoas entrando e saindo, sem contar, é claro, dos cavalos.

– Você administra sozinho ou a Melissa ajuda?

– A administração em si fica por minha conta. Ela gosta de cuidar dos detalhes. Da decoração, dos cardápios...

– Vocês conseguiram se entender bem. Não é fácil entre sócios, quanto mais ex-namorados.

Ele pensou por um momento.

– Melissa é metódica – ele explicou. – Por exemplo, agora ela irá supervisionar pessoalmente a troca de todos os rodapés do hotel, porque há a suspeita de que alguns estejam sendo atacados por cupins.

– Só porque há suspeita?

– Sim. E mesmo assim poderiam ser trocados somente os ameaçados. Mas, não! Ela não vai sossegar enquanto tudo não estiver brilhando de novo e livre de insetos.

– Isso não é ser metódica. É ser obstinada.

– Ela é exagerada.

– Por isso que terminaram?

Novamente ele pensou antes de responder.

– Não. Não fui eu quem rompeu nosso relacionamento. Foi ela.

– Não vai me dizer que a traiu também?

Guilherme me olhou de cara feia, como se não fosse correto lembrar aquele deslize depois de tantos anos.

– Desculpe. Isso não é da minha conta.

– Não é. Mas, respondendo sua pergunta, não a traí. Ela cansou de ser comparada a você.

Acomodei-me melhor no lombo de King, para visualizar seu rosto sob a luz da lua.

– Do que está falando?

Ele continuou olhando para a casa, empinando o queixo em sinal de determinação.

– O óbvio. Eu nunca esqueci você. Ela não se contentou em ficar em segundo plano.

– Eu...

Sabia que deveria dizer algo, mas desisti. Não conseguia imaginar como, depois de tantos anos, Guilherme ainda pudesse pensar em nós daquela maneira, mesmo quando acreditava que eu estava morta. Pensei em Melissa. Uma mulher bonita como ela não se contentaria em dividir um homem como Guilherme com uma mera lembrança.

Melissa... Ela era linda, com seus cabelos pretos e ondulados, seus olhos azuis. Minha primeira impressão dela não fora das melhores. Acreditei se tratar de uma garota mimada, que não tinha mais nada para fazer além de gastar o dinheiro da família em viagens pelo mundo. Afinal, fora assim que ela conhecera Guilherme. Não dava para imaginá-la arrancando rodapés de um hotel.

– Guilherme!

Guilherme teve um sobressalto ao escutar minha voz alterada. Até os cavalos remexeram-se irrequietos.

– O que foi? É o bebê? – perguntou assustado.

– Não! O bebê está bem – respondi sem paciência.
– Os rodapés, Guilherme! Os rodapés! – repeti sorrindo, com a esperança renovada no meu íntimo.

– O que têm os rodapés?

– Não procuramos nos rodapés do escritório. O compartimento secreto de Robert pode estar ali.

– Oh! – Guilherme fez uma expressão de surpresa com o meu *insight*.

– Vamos voltar! – pedi, puxando as rédeas de King em direção aos estábulos, colocando-o em movimento.

– Devagar, Laura. Você não pode correr – ele lembrou, irritado.

– Está certo.

Não foi fácil retornar no mesmo passo lento aos estábulos. Não agora que eu tinha uma nova esperança.

Mal chegamos à baia de King, desmontei-o rapidamente, sem esperar pela ajuda de Guilherme. Arrependi-me do movimento brusco. Causou uma dor irritante no lado esquerdo da barriga.

– O que foi? – Guilherme perguntou, preocupado com o gemido que não consegui conter.

– Nada – menti. – Só um chute. Vamos?

Sem esperar pela resposta, me dirigi ao carrinho elétrico. Tive de testar minha paciência enquanto aguardava Guilherme deixar os cavalos ao cuidado de um funcionário, dando-lhe ordens específicas de como deveriam ser tratados, antes de serem recolhidos.

— Precisava dar estas ordens hoje? — perguntei, irritada.

Ele acelerou o carrinho e ergueu o rosto, respirando fundo para se acalmar.

— Claro. Devo largar todas as minhas obrigações para ir correndo salvar a vida do seu marido — ele falou, irônico.

Engoli em seco.

— Se for melhor pra você, procuro sozinha esta noite.

— Perdeu uma ótima oportunidade de ficar quieta, Laura — ele respondeu, amargo.

A resposta malcriada chegou à ponta da minha língua, mas, com esforço, a contive. Bem ou mal, Guilherme se dispusera a me ajudar, e eu precisava dele. Tinha de manter a frieza se quisesse ajudar Alex.

Fizemos o restante do caminho em silêncio. Para meu alívio, fomos direto ao escritório.

— Se quiser, pode começar a procurar. Vou à cozinha fazer alguma coisa para a gente comer — ele afirmou, frio.

— Obrigada.

Assim que ele saiu, me ajoelhei e comecei a procurar. Se a minha intuição estivesse certa, não levaria muito tempo.

Uma farpa comprida irrompeu na minha unha. A dor foi colocada em segundo plano quando senti o rodapé ceder ao meu toque. Puxei com mais força, e um pedaço com cerca de vinte centímetros de largura saiu, trazendo com ele uma grande quantidade de poeira escura.

– Oh, meu Deus! – escutei-me exclamando.

Sem me importar com a possível presença de algum animal rastejante, coloquei o braço para dentro do buraco fundo. Estava repleto de papéis, cuidadosamente embalados em plástico resistente. Com pressa, tirei tudo o que ali havia, como uma criança que encontra um tesouro de balas de goma. Só parei quando tive certeza de que nada mais restava.

Sentei de pernas cruzadas no chão e comecei a abri-los. A cada nova descoberta, tinha mais certeza da libertação de Alex e sua família. Ali havia provas suficientes para isso.

As lágrimas, desta vez de alegria, vieram à tona misturadas com risadas histéricas. Foi assim que Guilherme me encontrou ao entrar no escritório, carregando uma bandeja com sanduíches e sucos.

– Olha, Guilherme! – gritei, sorrindo. – Achei!

Sem pressa, ele largou a bandeja na mesa e se ajoelhou ao meu lado.

– Tem certeza? – perguntou, analisando alguns papéis.

– Absoluta! Olha isso!

Na medida em que Guilherme ia lendo os documentos, ficava pálido.

– Não posso acreditar – ele balbuciou.

– É muita gente importante envolvida. Eles vão saber que posso colocar todo o projeto a perder.

– Vão mesmo...

Estava tudo ali. Fórmulas, cartas, memorandos internos, mapas de localização dos laboratórios no mundo todo, lista de clientes... E havia fotos. Muitas fotos comprometedoras de gente importante, inclusive de Joseph.

Alguns documentos datavam de mais de trinta anos, possivelmente do tempo em que Robert fora recrutado para trabalhar no laboratório, graças a seus estudos e a sua mente de gênio. Outros, mais recentes, não conseguia imaginar como ele obtivera.

– O que você pretende fazer com estes papéis agora? – Guilherme perguntou, abismado pelo que tinha em mãos.

– Preciso achar uma maneira de mandá-los como ameaça a Joseph e depois cobrar a libertação da família de Alex.

– Você faz tudo parecer tão fácil.

– E que outra opção tenho?

– Olhe contra quem você está querendo lutar, Laura – ele apontou algumas fotos. – Eles podem se livrar de você em segundos. Alex vale todo esse risco?

– Não vou discutir esse assunto com você.

Ele levantou, recolheu os papéis e colocou-os em cima da escrivaninha.

– Venha comer – ordenou, me erguendo com facilidade do chão. – Desde a hora do almoço não colocou nada na boca. Isso não é bom.

– Estou empolgada demais para ficar com fome.

Meu sorriso estava incontrolável.

– Os documentos não vão sair daqui e precisa pensar no bebê. Não vai querer que seu precioso Alex a encontre desnutrida.

O tom era irônico, mas ele tinha razão.

Depois de devorar três sanduíches de peito de frango, resolvi colocar em prática meu plano.

– Me empresta o computador? Preciso escanear estes documentos.

– Sim, mas não vou poder ajudá-la – disse, eficiente. – Melissa chega amanhã, e preciso deixar algumas coisas em ordem, além de procurar outro lugar para acomodar você.

– Acha que ela me reconheceria?

– Na hora. Não podemos correr o risco.

– Vou voltar para a cidade. Hoje à noite.

Ele segurou meu braço de forma possessiva.

– Você vai voltar para a cidade, mas amanhã, e comigo. Tenho um apartamento vago no centro, perto do meu escritório. Você ficará lá, sob minha proteção, até que Alex volte. Se é que isso vai acontecer.

Não foi fácil conter a irritação. Além de não acreditar na minha capacidade, Guilherme começava a supor que comandaria meus passos. Sem contar a raiva contida em suas palavras.

– Se acalme. Eu sei me virar.

– Difícil manter a calma a essa altura. – Ele soltou meu braço. Sua expressão era de preocupação.

– Eles nem sabem que estou no Brasil. Não preciso de proteção.

– Não concordo – ele teimou. – Você pode estar em perigo e nem sabe.

– Guilherme, mesmo que estivesse, abusei demais de você. Se eles vierem me buscar, não há nada que possa fazer. Você não tem noção da força letal deles.

Ele me olhou com intensidade durante alguns segundos, possivelmente raciocinando sobre como iria me convencer.

– Não me interessa como são. Posso detê-los e não a quero longe de mim.

– Você não ouviu nada do que eu disse. Além do mais, a Melissa vai querer saber quem você colocou em seu apartamento.

– Da Melissa eu cuido.

Ele estava irredutível. Como não seria produtivo continuar a discussão, por ora fingi aceitar suas imposições.

– Está bem. Vou ficar aqui escaneando os documentos enquanto você providencia tudo.

Ele respirou aliviado.

– O que pretende fazer com os documentos originais?

Não havia pensado naquilo.

– Vou deixá-los no mesmo lugar. É um bom esconderijo.

Eram muitos documentos. Já passava das três horas da manhã quando consegui terminar de digitalizá-los.

Mandei-os para uma de minhas contas de e-mail e fiz cópia num pen drive novo que encontrei em uma das gavetas. Quando saí do escritório, encontrei Guilherme estirado no sofá da grande sala, com os pés descalços e um copo de uísque na mão. Sua camisa entreaberta deixava ver o peito rijo e musculoso. Se não estivesse empenhada em salvar a vida de Alex, poderia permanecer admirando-o.

– Conseguiu terminar? – ele perguntou, me tirando do devaneio.

– Sim. Tenho tudo o que preciso.

Ele sentou.

– Durma um pouco então. Depois do café iremos a Curitiba.

O tom de comando.

– Tudo bem.

Ele interpretou mal minha expressão.

– Não se preocupe mais, Laura. Vai estar segura para continuar com seus planos miraculosos. Mesmo que eu não concorde com eles – finalizou com um sorriso cansado.

Concordei com um gesto de cabeça. O assunto estava encerrado. Então por que eu não conseguia ir embora?

– Me faz um pouco de companhia? – perguntou.

Sem palavras, devido ao receio de estar cometendo um erro, sentei ao seu lado, mantendo uma distância mínima, mas segura. O fogo na lareira de pedras mantinha o clima ameno e garantia a única fonte de luz.

– Laura. – Sua voz era quase um sussurro.

Interrompi o momento de paz e encarei-o. Estava com os braços abertos num claro convite. Sem conseguir resistir, me aninhei em seu peito, enlacei sua nuca e escondi o rosto em seu pescoço, enquanto seus braços se estreitavam ao meu redor. Seu cheiro era inebriante. Depois dos últimos meses, a segurança que senti quase me fez esquecer tudo. Fechei os olhos desejando que o momento durasse muito... muito tempo.

Estreitei o abraço, fazendo com que nossos corpos se moldassem. Guilherme soltou um gemido de pura satisfação e passou a acariciar meus braços, minhas costas, despertando sensações há meses adormecidas. Uma de suas mãos deslizou até a minha barriga. O bebê imediatamente se mexeu em resposta, como se tentasse de alguma forma estreitar o contato com ele. Afastei-me para olhar sua reação.

Guilherme sorria deliciado, e manteve essa expressão até o momento em que seus lábios encontraram os meus.

Foi um beijo lento, carregado de sentimentos. Poderia ter durado mais, se ele não tivesse tentado invadir minha boca com sua língua, o que me fez recuar assustada.

– Eu vou dormir – anunciei decidida, ao levantar.

Apesar de decepcionado, ele não insistiu.

14

ROBERT

No caminho para o quarto tomei uma dolorosa decisão.

Depois de um banho rápido, joguei o essencial na bolsa de mão, como dinheiro e documentos pessoais, além do pen drive e os documentos encontrados sob o rodapé. Apesar de ter dito a Guilherme que os manteria no escritório, não podia correr o risco de eles serem encontrados pelos funcionários de Melissa, durante a reforma.

Carregando nas mãos a bolsa, a chave do carro e um par de tênis, saí em silêncio do quarto. A sala estava vazia, assim como a cozinha, por onde me esgueirei. No ar frio da madrugada calcei os tênis e contornei a casa. O luar claro iluminou o caminho até o estacionamento. Liguei o carro e saí, parando na guarita do portão principal, onde um funcionário fingiu não estar acordando.

– Aconteceu alguma coisa, senhora...?

– Laura. – Achei mais seguro dizer meu nome. – Recebi um telefonema urgente e preciso resolver algumas coisas em Curitiba. Volto para o almoço.

– Hmmm, certo...

Ele não sabia como agir. Não devia ser corriqueiro ter hóspedes saindo de madrugada, sem que funcionários da casa principal informassem.

– Seu patrão estava comigo quando recebi o telefonema, só que ele ficou no quarto e não irá escutar o telefone da recepção, caso você se sinta obrigado a ligar pra ele. – Dosei na medida irritação e comando. – Estou com pressa. Quanto mais cedo ir, mais cedo volto.

Devo ter sido convincente, pois ele abriu o portão sem novas indagações. Assim que o carro não podia mais ser visto, pisei fundo. Quando Guilherme fosse informado, nada mais haveria a fazer.

Não estava feliz. Abandonar Guilherme havia sido difícil, mas ele estava se envolvendo demais na trama sórdida. Isto eu não podia aceitar. Sem contar que ele não aceitaria me perder novamente para Alex, por mais que dissesse o contrário.

Não pude evitar pensar no outro bom motivo para estar fugindo: estava carente, com as emoções à flor da pele devido à gravidez. Cair em tentação nos braços de Guilherme seria como voltar pra casa. Fácil. Irresistível.

Mas resisti e continuaria resistindo, desde que ele não estivesse por perto.

— Não quero ser incomodada em hipótese alguma — pedi ao recepcionista do Bourbon. Seu sorriso ao receber a gorjeta prometia obediência.

Havia percorrido o caminho do haras até ali em tempo recorde. Estava esgotada física e mentalmente. Chorara boa parte do caminho pela culpa dupla. Coração partido por querer dar a Guilherme o que ele sempre pedira e não poder. Coração apertado por ainda nutrir sentimentos por Guilherme quando amava e estava comprometida com Alex.

Sem contar que Guilherme jamais me perdoaria. Não depois do que fizera por mim nos últimos dias.

Mesmo exausta e abalada, arranjei forças para ligar o computador e mandar uma mensagem a Ralf.

Consegui os documentos. Preciso de informações sobre como proceder.

Era o suficiente.

Sem tirar os sapatos deitei na cama e tentei relaxar. Guilherme não sabia onde me encontrar. E mesmo que procurasse — o que eu duvidava depois do que tinha feito —, havia tempo para descansar.

Os dias seguintes foram tediosos, lentos.

Acordava, fazia as refeições no quarto e conferia o computador. Ralf não mandava mensagens, e as esperanças minavam. Cheguei a cogitar que ele havia sido descoberto, ou que Alex poderia estar morto.

Sentia Bettina crescer em meu ventre dia a dia. Ela parecia saber que não devia se mexer, pois seus movimentos eram raros. Em compensação, quando os fazia, eram suficientes para tirar o ar de meus pulmões.

Guilherme também não saía dos meus pensamentos. Ele não me procurara. Por mais que dissesse a mim mesma que isso não importava, era crucial. Quanto mais distante ficava o resgate de Alex, mais queria voltar para Guilherme. Desta vez em definitivo.

Pensar nisso causava dor – e culpa.

Com ou sem Alex, procuraria Guilherme. Nem que fosse para pedir perdão. Com ou sem Alex, Guilherme nunca mais sairia da minha vida.

Acordei de um cochilo num domingo à tarde com a tela piscando. Ralf me chamava on-line.

Olá.

Finalmente!

As medidas de segurança estão rígidas. Está mesmo com os documentos?

Sim. Estão em local seguro.

São suficientes para o que pretende?

Sim. Com certeza! Como eles estão?

Vivos.

Vivos? Só isso?

Como já expliquei, não tenho contato com os outros, somente com Robert. E segundo soube, eles estão colaborando.

Vou ter de confiar em você.

Sinto que isso a aborrece. Mas não tenho como lhe dar garantias.

Prefiro que me oriente. Como poderei provar a Joseph que tenho os documentos?

Vou passar o endereço eletrônico dele. Ligue antes, faça suas exigências e mande parte do que tem. Somente o suficiente para que ele veja que não está blefando. Espere um tempo e mande mais. Ele não é burro. Irá pesar os prós e contras e liberá-los.

Simples assim?

Não sei o que esperava. Fique ciente de que quando isso ocorrer, não poderemos mais manter contato. Joseph já tem certeza de que há alguém do comando ajudando você. Quando receber esses documentos, todos os canais serão cortados ou monitorados. Não vou poder correr mais riscos. Ele estará preparado e rastreará sua localização no Brasil. Portanto, volte a rodar.

Fugir de novo? Não estava nos meus planos.

Sei me cuidar.

Surpreendeu-me provando isso, mas Robert está preocupado com sua gravidez. O tempo está passando rápido pra vocês.

Avise-o de que não estou sozinha. Tenho quem cuide do bebê, até que eles possam pegá-lo.

Ralf ficou um longo tempo sem responder. Quando o fez, colocou na tela uma sequência de números.

Ligue nesse telefone daqui a exatamente meia hora. Nem um minuto a mais ou a menos. Não importa de onde vai ligar. Não é um telefone rastreado.
Por quê?
Vai falar com Robert.

O susto foi tão grande que saltei, me afastando do computador. Tentei raciocinar.

Robert – eu iria falar com Robert.

Por mais que Ralf houvesse garantido que o telefone não seria rastreado, não queria confiar nele. Dentro do limite de tempo que restava, saí do hotel e procurei o telefone público mais afastado possível.

Com a mão tremendo, e no horário exato, completei a ligação.

– Laura, minha filha, você está bem?

Minha garganta fechou e não conseguia falar. Era bom confirmar que ele estava vivo.

– Laura? – a voz ficou alarmada.

– Robert... Estou aqui. Estou bem.

Não era fácil falar e segurar a emoção ao mesmo tempo.

– Oh, Meu Deus! Você está bem mesmo? Está chorando?

Pigarreei, limpando a garganta.

– Só emoção por falar com você. Estou bem sim, eu juro. Como vocês estão? E o Alex? A Sam?

– Não se preocupe conosco. Estamos sendo bem tratados.

– Mas Ralf falou que vocês estão separados. Como pode saber?

– Ele sabe e confio na palavra dele. Escute, nosso tempo é curto. Minha preocupação é com a sua gravidez. Como você está?

– Bem, acredite...

– Você consultou algum médico?

– Sim. Há algumas semanas, na Alemanha.

– O que ele disse?

– Que o bebê estava bem. Pela data da concepção estava mais desenvolvido do que o normal, mas nada de preocupante.

– E como você está se sentindo?

Não era meu sogro falando, era o médico.

– Estou bem. Incomoda um pouco quando ela se mexe, mas é suportável.

– Ela...?

– Sim! É uma menina!

Robert ficou mudo por alguns segundos.

– Alex sabe que estou grávida?

– Não. – Sua voz estava rouca. – Não é viável que ele saiba. Escute, Laura, preciso que você siga os conselhos do Ralf e procure se manter imóvel o maior tempo possível. Andei estudando formas para salvar você e o bebê. Tenho certeza de que posso fazer isso. É só questão de tempo até sairmos daqui.

– Mas se não saírem... – Não queria ser pessimista, mas aquela podia ser a única chance de esclarecer as coisas. – E se alguma coisa acontecer comigo... o bebê vai ficar com o Guilherme até vocês voltarem.

– O quê? O Guilherme? Aquele...

– Aquele mesmo. Ele é o dono do haras agora e me flagrou no escritório.

– Mas ele...

– Escute, Robert. Ele me ajudou a achar os documentos e vai me ajudar...

– Escute você, Laura! – sua voz estava enérgica. – Guilherme é um traidor. Ele se infiltrou no haras para passar informações sobre nós. Foi por causa dele que você e a Ema foram sequestradas.

– Do que está falando?

– Do que você ouviu. Não confie no Guilherme. Ele irá entregar o bebê ao Laboratório na primeira oportunidade.

As palavras do sequestrador Yuri voltaram nítidas à minha mente: "Há pessoas interessadas em você. Pessoas dispostas a tudo, inclusive a pagar bem".

– Por que não me contaram antes?

– Alex acreditou que não faria bem a você. Quis poupá-la da decepção. Nunca imaginamos que pudessem voltar a se encontrar.

Minha cabeça começou a girar. Tive de me apoiar nas laterais do orelhão para não cair.

– Sei que está sozinha e com medo. Quero que procure o Daniel.

– Daniel...

– Sim. Ele nos conhecia e vai entender tudo. Tenho certeza de que ele vai ajudá-la, Laura.

– Está bem...

– Preciso desligar. Não tente mais entrar em contato com Ralf depois de mandar os documentos a Joseph. Se tudo der certo, nós a encontraremos.

– Robert! – chamei com urgência. – Por favor, fale a Alex que o amo! Que amo todos vocês!

– Também amamos você! Se cuide, filha.

– É Bettina. O nome do bebê é Bettina.

– Bettina. Não vou esquecer.

Era difícil. Muito difícil.

Como poderia haver bilhões de pessoas no planeta, e eu me sentir tão sozinha? Como podia me sentir tão exausta quando passava os dias não fazendo nada?

Foi com essas indagações sem sentido que acordei dois dias depois. A decepção com Guilherme estava longe de se cicatrizar e havia apenas mais uma cartada. A verdade é que estava com medo.

Medo de não suportar.

Recordei da tia Marola. Seu nome era Marisa, mas amorosamente a chamávamos de tia Marola, pois era tão inconstante em suas emoções quanto o mar, que nunca ficava parado. Tia Marola era um amor de pessoa, mas às vezes estávamos rindo de um determinado assunto e, sem mais nem menos, ela começava a chorar. Se perguntássemos o motivo, ela alegava problemas pessoais, solidão. Aquilo me irritava. Ela nunca fazia nada para sair daquele estado. Nunca procurava conhecer pessoas para evitar a solidão.

Agora compreendia tia Marola. Entendia o que era se sentir sozinha e ter medo de reverter a situação.

Como um aviso de que não podia me dar ao luxo de sofrer de depressão, Bettina me chutou as costelas, fazendo-me acordar para a vida. Ela não merecia uma mãe inerte.

Novos planos deveriam ser colocados em prática. Precisava de apoio, precisava de companhia. Precisava provar a mim mesma que não estava sozinha. E com a descoberta da traição de Guilherme, precisava jogar outro inocente no meio da lama.

15
DANIEL

Não foi difícil encontrar Daniel.

Primeiro tentei procurá-lo em seu escritório, mas descobri que ele havia se mudado para o andar comercial que Alex possuía num luxuoso prédio do centro da cidade. O que era lógico, uma vez que ele herdara aquele patrimônio. Sendo assim, minha entrada no local estava vetada.

Liguei na Universidade Federal do Paraná, onde informaram que ele lecionava às quintas-feiras, na parte da manhã. Dessa forma, na manhã seguinte, sentei num banco da praça Santos Andrade e fiquei esperando sua saída, contando com que ele ainda deixasse o carro no mesmo estacionamento de outrora.

Não foi fácil ficar ali.

O prédio da Universidade sempre fora uma das minhas construções preferidas. Viagens ao redor do mundo não conseguiram apagar o orgulho que sentia ao ver aquelas colunas imponentes, e em saber que havia feito parte de tudo aquilo com Andressa e Amanda. O que elas estariam fazendo naquele momento? Será que pensavam em mim? Será que Amanda ainda estava com Daniel?

Esse pensamento me alarmou. Se estivessem juntos, colocar Daniel em perigo era colocar Amanda em perigo. Precisava ter certeza para não correr o risco.

Levantei-me para ir embora quando o avistei. Daniel caminhava com pressa em direção ao estacionamento de sempre. Estava sozinho, e a oportunidade era boa demais para ser descartada. Quando me dei conta, estava a poucos metros dele.

– Daniel! – o tom era agudo de expectativa.

Daniel parou de imediato, mas, ao contrário do que eu esperava, não se virou. Ainda surpresa com sua reação, me aproximei o suficiente para tocá-lo, mas não o fiz.

– Daniel... – desta vez minha voz estava contida.

Devagar, ele se virou para me encarar. Seus olhos estavam repletos de emoções.

– Tinha certeza de que estavam vivos e um dia voltariam pra mim.

Sem precisar de mais palavras, acabamos com a distância e nos abraçamos com força. Sem nos separarmos, e ignorando o fato de que estávamos chamando a atenção de seus alunos, choramos e rimos como crianças. Quando as emoções foram controladas e as palavras puderam sair coerentes, nos afastamos, mas sem romper o contato.

– Não gostei do seu cabelo – ele comentou sorridente, aceitando o lenço de papel que eu lhe oferecia.

– Você não mudou nada.

– Você continua mentindo.

– Para você, jamais.

Ele pousou a mão na minha barriga.

– Como isso é possível?

– Não vai querer que eu explique. Vai?

Reencontrá-lo havia sido tão bom, depois daqueles dias de desesperança, que não queria chegar aos assuntos sérios tão cedo.

Mas ele não pensava da mesma forma.

– Sabe do que estou falando. – Ele ainda sorria, mas seus olhos estavam sérios.

Suspirei.

– Uma longa história.

– Onde está o Alex?

– Faz parte da longa história.

Ele entendeu que estávamos em apuros. Pegou o celular.

– Clara, desmarque tudo o que tenho para a tarde... Tenho assuntos pessoais a resolver e não quero ser incomodado... Por ninguém, por favor... Até amanhã.

– A Clara ainda trabalha lá?

– Um dos bônus da minha herança.

– Sempre gostei dela. Foi uma grande amiga.

– E foi uma das pessoas que mais chorou por você e pelo Alex.

Saber daquilo foi um golpe duro. Minha garganta automaticamente se apertou.

– Desculpe, Daniel.

– Ei! Não estou cobrando nada. – Ele me abraçou novamente. – Se tem uma pessoa que entende tudo o que vocês fizeram, esse alguém sou eu.

– É por isso que ele sempre amou você.

Ele esperou paciente eu me acalmar.

– Vamos nos sentar em algum lugar, comer alguma coisa?

– Podemos ir ao meu hotel? Quando estou em locais públicos, tenho a impressão de estar sendo observada. Estou ficando paranoica.

– Eu entendo. Vamos pegar meu carro.

– Estou no Bourbon. Vamos caminhando?

Andamos de mãos dadas e em silêncio, simplesmente apreciando a companhia um do outro. Só quando estávamos quase em frente ao hotel, voltamos a conversar.

– Para quando é o bebê?

– Não tenho certeza, mas acho que é para fevereiro.

– Não tem certeza?

– Fui ao médico uma única vez, na Alemanha. Na ocasião o médico estranhou o desenvolvimento acelerado do bebê. Eu não quis correr riscos.

– Ele não está te machucando? – perguntou, preocupado, olhando a todo instante para minha barriga, como se ela fosse explodir a qualquer momento.

— Machucando, não, mas às vezes incomoda. Não sei muito bem o que esperar ou quando realmente ela irá me machucar.

— Ela?

— Sim, Bettina. Sempre amei esse nome.

— Uma menina! — Daniel sorriu. — Alex deve estar louco.

Meu sorriso desapareceu.

— Ele ainda não sabe.

Daniel entendeu que a situação também fazia parte da história e não perguntou mais nada até chegarmos ao quarto.

— Quer comer alguma coisa? — perguntei animada.

— Acompanho você. — Ele se ajeitou no sofá confortável. — Este hotel é um luxo.

— E privativo — comentei, antes de pedir à recepcionista que mandasse almoço para dois ao meu quarto.

Sentei ao lado dele e segurei suas mãos.

— Ainda não acredito que está aqui comigo — voltei a sorrir, feliz. — Se soubesse que você ia me receber tão bem, teria te procurado no primeiro minuto em que pisei no Brasil.

— Nunca deveria ter duvidado disso.

— Nunca mesmo. Desculpe.

— Sem pedidos de desculpas. Agora pare de me enrolar. Quero saber de tudo.

— Está bem. — Tomei fôlego. — Bom. Você sabia que nosso acidente de avião havia sido planejado por Alex, não sabia?

– Na verdade, não. Ele somente me disse que você e Ema haviam sido levadas, que eles iriam atrás de vocês e nunca mais voltariam. Quando soube do acidente, confesso que, até hoje, sempre estive em dúvida se ele tinha sido real ou não.

– Pois é, não foi. Eu e Ema fomos levadas por um supersoldado mercenário chamado Yuri, com a ajuda de guerrilheiros da Venezuela. Naquele dia eu e Ema havíamos ido ao médico...

Contei toda a história em detalhes. Daniel era excelente ouvinte, só me interrompendo em pontos que ele achava de extrema importância. Raramente eu parava minha narrativa, apenas para beber alguma coisa e na sequência ir ao banheiro, o que fazia parte da minha rotina de grávida.

– Há quanto tempo você chegou ao Brasil? – ele perguntou.

– Há três semanas. Mas pareceram meses.

– Por que não me procurou logo?

– Não queria colocar mais ninguém em risco.

– Isso foi idiotice.

– Pode ser, Daniel, mas vim para cá com o objetivo específico de achar documentos que poderiam garantir a libertação do Alex e da família dele. Depois iria embora.

– O que a fez mudar de ideia?

– O fato de ter encontrado Guilherme, ou melhor, de ele ter me encontrado.

– E ele te ajudou assim, numa boa, sem maiores perguntas?

– Por incrível que pareça. Eu estava tão feliz em estar com alguém conhecido de novo, ter alguém se preocupando comigo, que não enxerguei que tudo aquilo era óbvio demais.

– O que havia de errado? Por que fugiu dele?

– Eu fugi porque, por mais que ele tivesse ajudado na busca pelos documentos, não me deixaria travar sozinha a minha batalha com Joseph. Se é que me deixaria travá-la.

– E ele não te procurou mais?

– Não. E isso me preocupa.

– Por quê?

– Aí vem o melhor. – Fiz expressão de suspense. – Não sei como, mas imagino por quê. Guilherme descobriu a verdade sobre Alex e, de certa forma, foi responsável pelo sequestro.

– Caramba!

– Ele voltou ao Brasil, e você lembra como entrou em nossas vidas. Frequentava assiduamente o haras, junto com a namorada...

– Como era o nome dela mesmo...?

– Melissa.

– Isso. – Ele me olhou espantado. – Mas por quê?

– Tive muito tempo para pensar, mas só posso deduzir. Guilherme pelo visto surtou e se aliou a Yuri. Este ficaria com os Gheler, e em troca ele ficaria comigo. Claro que ele esqueceu dos possíveis danos causados por um acidente de carro, agressões físicas, fome e um quase estupro.

– Não acredito que Guilherme se sujeitou a isso. Ele parece tão íntegro.

– Por mais óbvio que pareça, também não quero acreditar.

Daniel tomou um grande gole de água.

– E agora? O que pretende fazer?

– Primeiro, ligar para Joseph, amanhã de manhã. Depois passarei a ele alguns documentos que já separei. Ralf disse que ele está preparado e dificilmente não irá conseguir me rastrear, ou seja, preciso circular de novo até o próximo round.

– Você não pode ficar andando por aí com essa barriga.

– Eu sei, Daniel. Não pretendo ir longe. Só ficar escondida.

– E se você entrar em trabalho de parto? Você se lembra das histórias. Muitos partos são prematuros ou as mães quase morrem antes da hora, sendo os bebês retirados por cesáreas. E isso com elas sendo monitoradas.

– Acredite. Lembro-me de cada história. É aí que você entra.

– Como assim? Vou fazer seu parto? – ele perguntou assustado.

– Não, mas vai cuidar da minha filha até Alex vir buscá-la.

Ele me olhou horrorizado.

– Você já se condenou à morte!

Sorri sem humor.

– Digamos que essa é uma condenação involuntária.

– Não fale idiotices. Ainda temos tempo.

– Temos? – perguntei, crítica, erguendo uma sobrancelha.

– Você me procurou e não vou te largar mais. Vou com você até o fim.

– Pare, Daniel! – disse enérgica, me levantando irritada. – Não te procurei para me ajudar nesse sentido. Só quero que você prometa cuidar da Bettina. Só isso!

Ele se levantou irritado também.

– Tenho muitos assuntos para tratar, mas faço isso em no máximo três dias. Depois vou tirar férias e sumir com você. Alugaremos uma casa afastada ou algo do tipo.

– Não é tão simples...

Ele me ignorou.

– Dê seus telefonemas, faça suas exigências e vamos esperar juntos.

Nunca vi Daniel tão decidido. Chegava a dar medo.

– E vai dizer o quê a seus sócios?

– Que preciso de férias. Que estou doente. Sei lá, sou chefe, não devo satisfações.

Não pude deixar de sorrir.

– E a seus pais? Namorada?

– Amanda está passando um tempo com os pais em Cascavel. Não vai fazer diferença para ela se eu ficar fora alguns dias.

– Vocês estão juntos? – perguntei maravilhada.

– Ficamos um tempo separados, mas resolvemos tentar de novo. Assim que ela voltar, vou pedi-la em casamento.

– Isso é maravilhoso, Daniel!
– Você se mostraria para ela?
Encarei-o horrorizada.
– Não! Ela não merece tomar conhecimento de uma traição dessas. Sei que é mesquinho e tudo o mais, mas preciso que você prometa que não vai contar.
Ele deve ter sentido o desespero nas minhas palavras, pois respondeu rapidamente.
– Prometo.

Quando Daniel foi embora passava de dez horas da noite. Ele queria garantir que eu estava bem e alimentada. No dia seguinte eu sairia do hotel, mas passaria a ele o endereço do meu novo exílio.
Aliviada pelo apoio, dormi a noite toda e acordei disposta. Arrumei minhas coisas com cuidado, tomei um café da manhã reforçado e fechei a conta do hotel. Comprei chips e telefone celular de um camelô suspeito. Coloquei um dos chips no aparelho e me dirigi a uma das saídas de Curitiba. Estacionei o carro alugado no acostamento da rodovia e respirei fundo para manter a voz impassível, apesar do medo que sentia em saber que falaria com um homem poderoso como Joseph. Tinha a impressão de que se ele tivesse a oportunidade de chegar perto de mim, me esmagaria como uma mosca.
Tive que refazer a ligação três vezes, até conseguir completá-la.
– Laura? – ele atendeu tranquilo ao segundo toque.

– Oi, Joseph. – Depois do pânico inicial, minha voz ficou confiante. – Tudo bem com você?

– O que você quer?

– Direto como sempre. Mas não preciso mais dizer o que quero. Você sabe bem.

Ele suspirou sem paciência.

– Cansei da sua infantilidade, Laura. No começo até achei que você fosse uma adversária para se admirar, mas agora perdeu a graça. Não percebeu que não tem saída?

– Vamos ver, Joseph. Meu pedido continua o mesmo. Quero minha família de volta, com o acréscimo de agora exigir que eles não sejam mais perseguidos.

– Vou providenciar. – O sarcasmo era nítido na sua voz.

– Como incentivo, vou lhe mandar um presente.

– Um presente?

– Sim. Você vai adorar. Um pequeno incentivo para você tirar o rabo da cadeira e dar o que eu quero. Vou deixar você trabalhar.

– Espere...

– Não precisa se dar ao trabalho de me localizar, Joseph. Eu estou no Brasil, mas não parada. Conversamos.

Desliguei antes que ele tivesse tempo de falar mais alguma coisa, orgulhosa comigo mesma por não ter desabado e implorado, como no fundo queria fazer. Tirei o chip do aparelho e o quebrei. Abasteci o carro, comprei água, salgadinhos e me preparei para a nova empreitada.

Só havia um lugar no mundo onde gostaria de ir naquele momento e nada, nem ninguém, iria me impedir.

Eu precisava ver a *minha* família. Nem que fosse uma última vez.

16
DOIS VIZINHOS

Dirigi com calma absurda para os meus padrões de velocidade, nunca ultrapassando os limites da estrada. Como havia saído tarde de Curitiba e só chegaria à noite a Dois Vizinhos, refreei minhas vontades e parei na cidade de Chopinzinho, onde me hospedei num hotel simples, mas aconchegante. Depois de tomar um banho para amenizar as dores nas costas, sentei de pernas cruzadas em frente ao computador e enviei parte dos arquivos a Joseph. Descobertas pequenas, se fosse levar em consideração o todo, mas que o atingiam diretamente. Muitas eram fotos dele entrando e saindo de instalações suspeitas, conversando com geneticistas famosos e com supersoldados. Mas havia também documentos referentes ao laboratório, assinados por ele, atas de reuniões, endereços de laboratórios, fórmulas genéticas.

Ele iria me levar a sério agora.

Demorei a dormir. O fato de estar tão perto de casa, a ansiedade de revê-los, o medo de ser vista e as dores nas costas dificultaram as coisas. Já eram dez horas da manhã quando deixei o hotel rumo a Dois Vizinhos, uma viagem de no máximo uma hora. O tempo estava agradável, e o céu limpo, num verdadeiro presente de boas-vindas em casa.

Quando comecei a avistar os primeiros contornos da cidade, minhas mãos começaram a tremer de emoção. Entrar em Dois Vizinhos fez renascer todas as lágrimas que já havia chorado nesta vida. Parei o carro para me controlar. Nunca fora tão emotiva. Culpei os hormônios da gravidez.

Sabendo que ficar parada com aquele carro poderia chamar a atenção, me dirigi ao prédio onde funcionava o escritório do meu pai, estacionando a uma distância segura. Apesar do calor, deixei as janelas fechadas, pois os vidros escuros garantiam a privacidade. Conforme meus cálculos, meu pai não tardou a aparecer, saindo no seu horário de sempre para o almoço em casa. A dor foi dilacerante, fazendo vibrar cada músculo do meu corpo.

– Pai! – chamei alto, sem me controlar, mas, àquela distância e de dentro do carro, ele não ouviu.

Ele continuava igual, somente com a expressão mais carrancuda. Mesmo isso não diminuía em nada sua beleza. E como se revê-lo e não poder tocá-lo não fosse suficiente para me maltratar, ele entrou num Palio vermelho. O meu Palio vermelho. Será que ele o guardara como lembrança?

Tudo acabou em segundos. Ele mal apareceu e já havia ido embora. E eu não podia segui-lo.

Sem saber o que fazer, dei algumas voltas na cidade e depois segui em direção à casa do lago. Fiz bem. O lugar estava deserto, com exceção de alguns moradores fixos. A maioria das casas só eram ocupadas nos fins de semana.

Almocei numa lanchonete de aspecto duvidoso e caminhei na beira do lago, numa área isolada. A todo o momento conferia as horas, calculando o momento exato de voltar. Precisava vê-la.

Exatamente às cinco e meia, estacionei próximo à entrada do colégio onde meus irmãos estudavam. Como esperado, minha mãe chegou logo depois e desceu para se juntar a outras mães que ali esperavam, num ritual que já se repetia há anos. As mães chegavam mais cedo e aproveitavam os minutos de folga para rever as amigas e colocar as fofocas em dia. Nesse dia, aqueles minutos sobressalentes fizeram toda a diferença.

Se a dor de rever me pai me dilacerou, ao ver a minha mãe, meu coração se partiu. Estava tão preocupada em não perder nenhum minuto daquela visão, que não me permiti chorar. Na verdade, acho que nem lágrimas mais eu tinha.

Ela estava ali, tão bonita, tão perto, tão minha. Os cabelos pretos e lisos estavam amarrados num elaborado rabo de cavalo. Sua pele cor de jambo, herança de suas raízes bugres, brilhava ao sol. Recordei com nitidez do seu cheiro, de como era gostoso rir e chorar naqueles braços.

Minha melhor amiga.

Tinha certeza de que ela me receberia de braços abertos e cuidaria da minha filha para mim. Mas seria cruel da minha parte reaparecer para morrer de novo e colocá-los em perigo daquele jeito. Era óbvio que procurariam pelo bebê aqui.

Mal havia me acostumado à visão da minha mãe, quando meus irmãos chegaram, me surpreendendo. Estavam lindos. Altos, com cabelos castanhos mais claros que os meus, e olhos azuis iguais aos do meu pai. Iguais. Os meus gêmeos, cuja companhia tive pouco tempo para aproveitar.

Assim como com meu pai, mal havia começado e acabou. Eles entraram no carro de minha mãe e foram embora. Sem olhar para trás. Sem se despedir de mim.

Abaixei a cabeça no volante, tentando pensar. Havia cumprido minha missão ali. Tinha me despedido deles e agora não sabia para onde ir.

Uma batida no vidro do passageiro me fez pular, e meu coração quase saiu pela boca. Mas o susto foi substituído pela raiva ao ver quem era.

– Abra, Laura – Guilherme pediu tranquilo, como se fosse um bom amigo querendo consolar outro. – Eu sei que é você.

Tive vontade de ligar o carro e fugir, mas ele iria me seguir e precisava enfrentá-lo de uma vez. Sem mentiras.

Destravei a porta e ele entrou.

– O que você quer? – perguntei, olhando fixo para frente.

– Que diabos está acontecendo? – ele perguntou, irritado. – Foge de mim porque não quer contato com o passado e vem se expor aqui. Justo aqui?

– Não sabia que tinha de lhe dar satisfações.

– Não tem. Mas gostaria de saber por que fui ignorado. Eu a ofendi de alguma maneira pra você fugir como uma ladra, de madrugada?

– Pare! – pedi, firme, e apertei o volante com tanta força que os dedos ficaram sem circulação.

Contei até cinquenta, antes de largar o volante e finalmente encará-lo. A mágoa instalada ali amorteceu o discurso homicida que eu preparara.

– Você não tem nada pra me contar?

Guilherme soube a que eu estava me referindo, pois sua expressão abrandou, e ele não gastou tempo formulando desculpas.

– Quando a encontrei no haras, pensei que já soubesse. Mas como você não tocou no assunto e se mostrou tão à vontade comigo, achei que não precisaria ficar sabendo.

– Como isso aconteceu?

– Foi estranho. Fui para Curitiba, me humilhar pra você; passei horas na frente do seu apartamento. Devo ter demonstrado minha fixação, pois fui abordado por um senhor muito simpático, que declarou que poderia me ajudar.

– Simples assim?

– Claro que não. Mas ele se identificou como agente da CIA, me mostrou fotos de Alex e da família dele, e disse que faziam parte de uma organização criminosa. Disse que você corria risco e que precisavam de alguém de confiança para ajudá-los na captura da quadrilha. A história tomou ares de ficção científica, eu me deixei levar e, quando vi, estava sendo usado como espião, sempre com a justificativa de que seria para salvar você.

– Que idiotice!

– Pode parecer pra você, mas para mim foi como uma luz no fim do túnel. Achava que quando estivesse livre, você veria finalmente que estava melhor sem eles.

– Não consigo acreditar nisso...

– Enfim... – ele me interrompeu. – Comecei a frequentar o haras, consegui entender os mecanismos de segurança do local e passei informações para a organização. Aos poucos fui descobrindo a verdade sobre o Laboratório e os supersoldados. A família Gheler passou de quadrilheira a soldados rebeldes. A captura deles deveria ser sem violência, sem sangue. Fiz tudo o que me pediram, descobri que a segurança do haras era uma piada e que eles estavam tão autoconfiantes de que nunca seriam descobertos que se davam ao luxo de andarem sozinhos. No caso, o Alex e o Cássio.

– O que deu errado?

– Melissa deixou escapar que, se eles reagissem, você seria usada como ferramenta de chantagem. De preferência por ela mesma.

– Meu Deus! Ela estava envolvida?
– Mais do que a maioria.
– Ela é um soldado?
– De certa forma, sim. Além de ter algum posto de comando.
– Por isso demonstrava gostar tanto de mim – comentei, irônica.

Ele soltou uma risada amarga.
– Ela tinha raiva de você. Inveja, na verdade.
– O quê?
– Ela, como tantas outras – ele parecia chateado –, caiu de amores pelo Alex. Não entendia como você, uma garota comum, podia conseguir a atenção dele, quando ela possuía mais atributos. Também a revoltava saber de toda a preocupação que eu tinha por você. O fato de eu tê-la rejeitado numa ocasião aumentou esse ódio.

– Então vocês nunca namoraram de verdade?
– Não. Era só fachada. Para o Alex não desconfiar e impedir minha entrada na vida de vocês.
– Onde o Yuri entra?
– De alguma forma ele me descobriu, e aqui desconfio do dedo podre da Melissa, mas nunca consegui provar. Ele prometeu entregar os Gheler ao Laboratório, garantindo que você não seria machucada.

A gargalhada irônica desta vez foi minha.
– E você acreditou nele?
– Sei que fui ingênuo, e você nunca mais voltou para casa. Melissa garantiu que o acidente de

avião sem corpos para serem encontrados era mais do que uma clara indicação de que vocês haviam fugido. Yuri nunca mais apareceu, e deduzi que eles o tivessem matado.

– Realmente eles o mataram, e você sabe o porquê. Já contei tudo sobre o sequestro e o que eu passei. O que tive de fazer para viver.

– Desculpe-me, Laura. Até você me contar, não fazia ideia do que tinha acontecido. Como expliquei, ele sumiu, vocês sumiram, e eu não soube o que aconteceu. Desconfiei que tivessem percebido a aproximação dele e ido embora. – Ele estava pálido. – Eu não sabia... Não fazia ideia...

– Tudo bem. Mas agora sabe e pode fazer algo por mim, como me deixar em paz.

– Você tem de acreditar em mim!

– Por que, Guilherme? Por que tenho de acreditar em você depois de tudo o que aconteceu? Quem garante que agora mesmo eles não estão chegando aqui para pegar a minha filha, enquanto você me distrai com essa conversa de bom amigo?

Ele pareceu ofendido.

– Porque não sou o monstro que você imagina. Realmente fui ludibriado e ingênuo por me deixar levar, e é claro que um pouco de ambição também fez parte do pacote. Mas se eu realmente estivesse disposto a entregar você, como eles acham que eu faria em troca da minha vida, já o teria feito quando você se pôs no meu caminho, no haras.

– Espere um pouco! Eles só o deixaram vivo porque sabiam que, mais cedo ou mais tarde, eu pediria ajuda a você, não é mesmo? – perguntei, horrorizada. Apesar de Guilherme ter sua parcela de culpa por nossos problemas, a morte dele estava longe de me agradar.

– Eles tinham certeza de que isso ia acontecer. Isso mostra como eles não te conhecem.

– Não – concordei, desviando os olhos do rosto dele, como se isso pudesse amenizar o cansaço que tomou conta de mim.

Era uma guerra perdida. Eles não libertariam Alex, matariam Guilherme e não sossegariam enquanto não tivessem Bettina.

– É por isso que Melissa ainda está com você?

– De certa forma, sim. Ela viaja muito aos Estados Unidos, mas volta de tempos em tempos para ver se você não entrou em contato, se eu ainda não fugi, ou mesmo para cuidar do hotel. Ela realmente gosta daquele lugar.

– Que consolo.

– Não estou defendendo Melissa, só quero que você entenda que estou do seu lado.

– Eu preciso ir embora. Enquanto eles acharem que estou viva, você está seguro. Depois use o seu dinheiro e vá embora do Brasil.

– Acha que tenho medo deles?

– Deveria ter!

– Pois não tenho. Tudo o que eu quero é cuidar de você. – Ele acariciou meu rosto.

— Já tenho quem cuide de mim – afastei sua mão.
— Use seu tempo para cuidar de você mesmo. Agora preciso ir.

— Pretende ir aonde?

— Não sei. Fugir, como sempre. Não interessa.

— Nunca mais irá confiar em mim, não é?

A pergunta era clara, feita num tom de voz sofrido.

— Talvez, mas não agora.

Ele pesou as palavras.

— Entendo. Pelo menos me deixe levá-la até o hotel de alguma cidade próxima. Você não parece em condições de dirigir.

— Estou ótima...

Fui interrompida pelo toque do meu celular. Somente uma pessoa tinha aquele número.

— Oi – atendi, sem querer dizer seu nome na frente de Guilherme.

— Laura! Desculpe não ligar antes, mas estive ocupado deixando meus compromissos em dia. Como você está? – a voz de Daniel era carinhosa.

— Estou bem, não se preocupe.

— Onde você está? Tenho um local ótimo para passarmos nossas férias.

Era incrível como Daniel podia parecer animado com a perspectiva de correr risco de morte ao meu lado.

— Estou em Dois Vizinhos, mas já estou indo embora...

– O quê? – ele quase gritou ao telefone. – Você ficou louca!

Não consegui responder, tamanha a minha surpresa com a explosão dele.

– Você está grávida, meu Deus! Seu bebê é especial – ele continuou, exasperado. – Você não pode sair por aí como uma pessoa comum, dirigindo mil quilômetros para fazer sabe-se lá o quê!

– Eu sei. Se acalme! Já estou voltando. Onde você...

Ia perguntar onde ele queria me encontrar, mas, com medo de que Guilherme pudesse escutar, desisti.

– Eu te ligo depois para saber onde iremos. Preciso desligar.

Ele interpretou mal minha aspereza.

– Desculpe, Laura. Não queria ter gritado, só estou preocupado.

– Você não me deve desculpas. Preciso mesmo desligar e sair daqui. Depois te conto tudo. Tchau.

Sem dar chance de ele se despedir, cortei a ligação e desliguei o aparelho, antes de olhar novamente para Guilherme.

– Preciso mesmo ir.

– Me deixe pelo menos levá-la até uma parte do caminho, ou até um hotel. Você não pode dirigir até Curitiba nesse estado.

Ele tinha razão. Eu estava exausta física e emocionalmente, e não tinha condições de ir muito longe. Mas admitir isso a Guilherme seria o mesmo que me entregar em suas mãos.

– Não irei longe. Vou parar em algum hotel do caminho para dormir. Não tenho pressa de chegar a Curitiba. Não se preocupe.

Ele me encarou intenso durante alguns segundos. Quando eu me senti incomodada e pronta para expulsá-lo do carro, ele falou com calma, mas era evidente o sofrimento por detrás de suas palavras.

– Só prometa que, se estiver em apuros, não irá hesitar em me ligar.

– Não posso prometer.

– Laura, você tem de reconhecer que há grande possibilidade do Alex não voltar.

Encolhi-me como se ele tivesse me dado um tapa com a verdade.

– Você tem de pensar no bebê. Não sei com quem está contando neste momento e não vou perguntar. Mas sei que quando sua filha nascer, precisará de toda a ajuda para cuidar dela. Prometo a você que farei isso se você pedir.

– E por que deveria confiar em você?

– Porque nunca trai *você*. Se eu fiz o que fiz não foi pensando no seu mal, e sim em ficar com você. Hoje tenho maturidade suficiente para entender que fiz tudo errado. Que contava com algo que nunca mais teria, que era o seu amor. Hoje não quero mais isso. Não vou mais me iludir achando que um dia teremos o mesmo relacionamento de antes, com ou sem Alex. Tenho consciência absoluta de que isso não é mais possível. E se a maneira de redimir meus erros, propositais ou não, é cuidando da filha de vocês, é o que vou fazer.

Guilherme não era um ator. Era nítida a verdade de suas palavras.

– Eu nem sei por que, mas eu acredito em você. Quando chegar a hora, se Alex não tiver voltado para o Brasil, eu entro em contato.

Ele respirou aliviado.

– Agora preciso mesmo ir, Guilherme.

– Eu sei – ele hesitou, mas se aproximou e beijou meu rosto. – Boa sorte.

– Obrigada.

Ele saiu do carro e ficou parado na calçada, olhando para a porta que acabara de fechar. Estudei alguns segundos seu rosto em despedida.

Era provável que nunca mais o visse.

Antes de sair da cidade, passei em frente à casa de meus pais, mas nenhum deles estava à vista. Dirigi devagar e, assim como fiz com Guilherme, fiquei olhando para a fachada daquele lugar especial, guardando-a na memória.

A dor de saber que nunca mais voltaria era uma sensação nova e dolorida que se juntou às outras para me matar aos poucos.

17

ESCONDIDOS

Consegui dirigir até a cidade de Guarapuava, onde cheguei ao limite da exaustão. O fato de a minha única refeição do dia ter sido um sanduíche havia contribuído para isso. Depois de me hospedar num hotel do centro da cidade, pedi uma sopa com macarrão e linguiça, além de pão caseiro. Depois de comer tudo e me esticar na enorme cama, peguei o celular e liguei para Daniel. Ele atendeu no primeiro toque.

– Pretende me matar do coração? – perguntou, irritado.

– Jamais. Quando planejar sua morte, prometo que ela será lenta.

Nada como estar alimentada – o bom humor volta rápido.

– Que engraçado – ele bufou. – Nunca mais faça isso comigo e nunca mais desligue o telefone.

– Sim, senhor.

– E pare de ironizar. Você não está em tão boa posição.

– Ah, isso você não pode dizer – respondi, me esticando na cama confortável. – Mas vamos falar sério. Onde é esse lugar que você pensou pra gente ficar? Quero ir direto para lá.

– Primeiro quero saber onde você está...

– Em Guarapuava. Parei pra dormir.

– Finalmente um pingo de juízo.

– Pare de brigar comigo e fale do lugar.

– Por enquanto. Tenho amigos que possuem uma chácara na serra do Mar, em Morretes. É um lugar bem retirado, ou seja, não vamos encontrar ninguém perdido perambulando pelas proximidades. Será um ótimo lugar para você ficar até Alex voltar, ou até aplicarmos o plano B.

– Qual é o plano B?

– Não sei, mas o bebê não pode nascer lá, não é?

– Não – admiti baixo.

– Mas não vamos pensar no plano B por enquanto. Volte e iremos juntos pra lá. Você não iria conseguir encontrar a casa sozinha.

– Tudo bem. Eles não vão aparecer por lá?

– Quem?

– Os donos da chácara.

– Não. Estão morando no Canadá e deixaram a chave comigo, caso tivesse vontade de ir para lá. Mas é tão distante e tão cheio de mato para tudo quanto é lado, que nem me lembrava dela. Mas agora é um achado.

– Perfeito.

– Espero você para o almoço. Vou sair comprar mantimentos para os próximos dias. Algum pedido em especial?

– Coca-Cola.

– Grávidas não deveriam evitar?

– Não sou uma grávida comum.

Ele riu mais descontraído.

– Tudo bem. Descanse e venha devagar.

– Até amanhã.

Depois de desligar, assisti a um pouco de televisão, antes de adormecer com o aparelho ligado. Acordei com o noticiário matinal. As notícias não haviam mudado muito durante os anos em que estivera fora.

Depois de um café da manhã reforçado, peguei a estrada ao som de Guns N' Roses. O tipo de música que sempre teve o dom de me animar ao volante. Agora não era diferente.

A viagem foi tranquila, e a estrada não estava movimentada. Como conhecia cada curva dela e o dia estava espetacular, cheguei a Curitiba com duas horas e meia de viagem. Liguei para Daniel.

– Onde você está? – perguntei animada.

– Em casa. Venha até aqui.

– Seus pais não estão em casa?

Ele riu.

– Às vezes esqueço de que você não está a par dos acontecimentos dos últimos anos. Eu não moro mais com meus pais. Comprei uma casa quando decidi pedir Amanda em casamento.

– Ah! Onde fica?

Ele passou o endereço, e em poucos minutos estava chegando. Era uma casa simples, cor de pêssego, com um jardim gigantesco, localizada num arborizado bairro residencial.

Daniel estava colocando caixas dentro do porta-malas de uma camionete.

– Oi – disse, indo abraçá-lo. – A casa é linda.

– Você está com olheiras – ele acusou, depois de me abraçar forte. – E se não fosse por essa barriga, poderia jurar que emagreceu.

– É impossível emagrecer visivelmente em três dias.

– De agora em diante vou cuidar de você como se deve.

– Me deu medo agora. Se você não escutou, eu disse que a casa é linda.

– É. Não vejo a hora de estar mobiliada.

Ele me conduziu para dentro.

– Você a comprou recentemente? – perguntei, ao perceber que dentro da casa havia poucos móveis. O suficiente para um homem, sem grandes pretensões de luxo, viver.

– Não. Faz meses que me mudei. Mas vou deixar para minha esposa mobiliar.

– O que disse para a Amanda que estava indo fazer?

– Visitar clientes. Como ela não pretende vir a Curitiba pelos próximos dias, não precisamos nos preocupar com isso.

– Simples assim? Se fosse meu namorado, iria querer saber cada passo que ele desse.

– Amanda não é assim. E na verdade não estamos namorando.

– Agora não entendi mais nada. Vocês não vão casar?

Ele abriu o forno e olhou algo que estava assando, antes de responder. O cheiro atingiu em cheio minhas entranhas e a minha boca salivou de fome.

– Quando Amanda decidiu voltar a Cascavel, fiquei irritado. Ela abandonou um emprego promissor num escritório de advocacia, me largou, e foi para lá resolver problemas de família. Algo com os irmãos dela. Na verdade fiquei tão fulo da vida que nem quis saber. Acabamos terminando o namoro, e ela não me procurou mais.

– Ela deve ter tido um bom motivo.

– Pra ela, sim, pra mim, talvez. – Ele me indicou uma cadeira. – Não temos o mesmo conceito de família. Fui criado pelos meus pais, sem a participação de tios ou outros parentes próximos. Como também sou filho único, nunca tive de abrir mão de nada pela família.

– Mas, afinal, o que aconteceu?

– Um sobrinho dela se envolveu com drogas, foi preso e está sendo ameaçado de morte, essas coisas.

Infelizmente, é mais corriqueiro em nosso país do que podemos imaginar. Só que o irmão dela, o pai do menino, era quem a sustentava na época em que ela estudava aqui. Daí o sentimento de obrigação em largar tudo para ajudá-los a superar a má fase. Depois de muito pensar, depois de conversarmos horas ao telefone e de termos algumas recaídas quando ela voltava para Curitiba, aceitei que não posso mais viver sem ela. A atitude dela em relação a sua família me mostrou que ela será uma excelente mãe. Uma leoa.

Eu sorri perante à comparação.

– Ela decidiu voltar, então?

– Sim. Parece que eles conseguiram mandar o sobrinho para uma clínica de recuperação em Minas Gerais, bem longe dos amigos que o colocaram nessa roubada. Ela vai esperar tudo estar normalizado e voltará para Curitiba. Procurará um novo emprego.

– Por que ela não trabalha com você?

– Ela não quer. Diz que brigaríamos mais do que o normal.

– Nem sempre é assim – afirmei, me lembrando do tempo em que estagiara no escritório de Alex, onde nossa proximidade nem sempre era suficiente para amenizar a necessidade que eu tinha dele.

– Você e o Alex foram uma exceção – ele argumentou, lendo meus pensamentos. – Gosta de lasanha?

– Até de berinjela.

– Não, é de frango. Vamos comer antes da nossa aventura.

Gostei da animação de Daniel com tudo aquilo. Eu sabia que por Alex e sua família – e era aí que me incluía – ele faria qualquer coisa.

Almoçamos em relativo silêncio. Enquanto Daniel terminava de carregar sua camionete com comida suficiente para sustentar dez pessoas por um ano, limpei a cozinha, me sentindo útil. Evitei pensar nos acontecimentos dos últimos dias, tendo plena convicção de que meus pais e meus irmãos agora eram passado. Podia estar sendo fria nessa decisão, mas era a melhor maneira de evitar a dor.

Quanto a Guilherme, evitei trancá-lo em algum lugar definitivo da minha mente. Não sabia até quando poderia negar a sua ajuda.

– Vou devolver seu carro na locadora e quero que aproveite esse tempo para descansar – Daniel disse, depois de ter certeza de que havia pegado todas as minhas coisas, que nem eram tantas assim.

– Sim, senhor.

– E pare de responder assim.

– Sim, senhor.

Ele suspirou e saiu sem dizer mais nada.

Quando avistei aquele que havia sido meu carro no último mês sumir de vista, liguei meu computador portátil e mandei mais uma parte dos documentos a Joseph, entre eles os que comprovavam o envolvimento de pessoas tão importantes na política mundial quanto ele, envolvidos na sujeira da criação dos supersoldados. Esperei meia hora, sentei no jardim e liguei para ele.

Diferente das outras vezes, não me senti nervosa ou receosa de falar. Estava segura do que queria.

– Recebeu os e-mails?

– Sim – ele respondeu com a voz controlada.

– Serei levada a sério?

– Sim. Está sendo levada a sério. Só que deve entender que isso aqui é uma organização, e que são vários os mandachuvas. Eles precisam opinar.

A irritação voltou. Ele tentava me ludibriar.

– Sim. Sei bem quem manda. Assim como sei que o que você decidir é o que eles farão. Todos têm a perder tanto quanto você.

Ouvi um clique e a linha ficou muda, como se eu tivesse sido colocada em modo de espera. Cerca de dois minutos e um novo clique, a voz de Joseph voltou a soar, desta vez carregada de ódio.

– Eles serão libertados nos próximos dias. Estão separados uns dos outros em vários lugares do mundo.

Meu coração acelerou.

– Quantos dias?

– Não tenho como saber. Não serei eu a fazer isso.

– E, depois disso, temos a garantia de nunca mais sermos perseguidos?

Ele suspirou com irritação.

– Sim. Mas como terei certeza de que você não vai repassar estes documentos?

– Infelizmente terá que confiar em minha palavra. Se você cumprir com a sua, vou fazer a gentileza de esquecer toda essa nojeira que vocês mantêm por aí.

Ele abaixou a voz, como se não quisesse ser ouvido de onde estava.

— Você não faz ideia da vontade que tenho de matá-la neste momento.

A ameaça era clara.

— Seria rápido, eu garanto. Mas as chantagens continuariam. Você sabe que não estou sozinha nisso. E você não arriscaria seu cargo de prestígio para se dar ao luxo de vir me matar.

— Se eu fosse você, não acreditaria tanto nisso.

— Então venha, mas logo. Você sabe que não tenho mais tanto tempo. Adeus, Joseph.

Quando desliguei o aparelho, meu corpo começou a tremer sem controle. Eram muitas sensações sendo liberadas ao mesmo tempo. Estresse pelo telefonema, alegria pela promessa de libertação. Tristeza pelo pouco tempo para viver. Foram necessários vários minutos para conseguir me controlar e voltar para dentro de casa.

Quando Daniel voltou de táxi, eu estava mais animada. Embarcamos no carro dele e rumamos para Morretes. Como era esperado, mal entramos na estrada da Graciosa e a serração substituiu o sol. Nada que diminuísse minha empolgação.

— Aconteceu alguma coisa depois que eu saí?

— Liguei para Joseph — relatei séria, sem olhar pra ele.

— E...?

– Ele disse que depois de colocar Alex e sua família num mesmo local, eles serão libertados.

Não aguentei e abri um sorriso enorme ao olhar para ele, o qual Daniel não retribuiu.

– É uma boa notícia se for verdadeira. E você não devia ter ligado para ele enquanto estava sozinha.

– Você estava ocupado e eu preciso acreditar que é verdade.

Fiquei irritada pela falta de convicção dele.

– Desculpe, mas se coloque no meu lugar. Ter você de volta já é um milagre pra mim. Imaginar que meu melhor amigo e a sua família, a minha família, vão voltar para a minha vida, parece ser querer demais.

– Pois nós podemos... Nós merecemos querer demais. – Depois desse pequeno discurso excêntrico, permanecemos em silêncio o restante da viagem.

A chácara, como Daniel descrevera, não passava de mato para todos os lados. A exceção era o calculado espaço onde haviam construído um chalé de aparência confortável. Era óbvio que quem o construíra tivera todo o cuidado de preservar a mata nativa, em sua maioria bananeiras e muitas orquídeas.

A casa era grande, se fosse levado em conta o local de sua edificação. Fora construída com madeira escura e enormes janelas de vidro. Dentro, os móveis eram rústicos, mas confortáveis.

– Eles são excêntricos – disse Daniel, me desviando da apreciação.

– Excêntricos?

– É. Gostam de se isolar, mas têm TV a cabo. Esse tipo de coisa.

– É bom se isolar de vez em quando. Mas só de vez em quando – completei baixo, só para mim.

– Daqui a uma semana volto à cidade para ver se há sinal de Alex. Ele nunca irá nos encontrar aqui.

Aproximei-me dele e ergui a mão esquerda, quase encostando-a em seu rosto.

– O quê?

– Minha aliança. Esqueceu que ela tem GPS?

Os olhos dele brilharam.

– É claro. Foi assim que ele te achou na Venezuela.

– O que é a serra do Mar com relação à mata venezuelana?

– Brincadeira de criança.

Daniel não me deixou ajudar a descarregar as coisas do carro, mas me autorizou a guardá-las. Todo homem odiava aquilo.

A casa estava em ordem, mas com um pouco de pó e cheiro de mofo, do tipo que impregnaria em qualquer casa com muito tempo sem ventilação. Arrumei duas camas para nós, com lençóis e cobertas limpos que havíamos trazido. Jantamos arroz com ovo frito e ficamos assistindo à TV até a madrugada. Decidimos que no dia seguinte faríamos uma faxina coletiva para passar o tempo.

E o tempo passou. Uma semana depois, a casa estava brilhando e com cheiro de mata atlântica.

Daniel havia ido à cidade, mas nada tinha mudado, muito menos havia sinal de Alex. Eu tentava não calcular quanto tempo eles levariam para serem libertados e voltarem ao Brasil. Se é que eles seriam libertados.

A velha conhecida ansiedade voltou sem ser chamada e Daniel percebeu que cada vez mais eu ficava quieta e ansiosa, me refugiando na sacada do quarto que ocupava. Quando a cerração abrandava, a vista do mar distante era fantástica.

Para evitar meu isolamento, Daniel falava cada vez mais. Quando não estava contando em detalhes tudo o que havia acontecido na nossa ausência, exigia que eu contasse nossas aventuras em mar e terra, as quais, tínhamos de reconhecer, eram mais interessantes.

Na medida em que os dias passavam, ficava mais cansativo me movimentar. Minha barriga aumentava num ritmo alarmante, e, apesar de ainda não ser a hora, minha filha parecia não ter mais espaço para crescer. Apesar da companhia reconfortante de Daniel, a falta de notícias de Alex era deprimente. Às vezes passava horas seguidas olhando a porta de entrada do chalé, na esperança de que ela se abriria, e ele apareceria para me buscar. As novidades acabaram e Daniel se juntou ao meu sofrimento.

– O que está sentindo? – a pergunta havia se tornado a favorita de Daniel.

– Bettina descobriu sua força.

– Está chutando muito forte?

— Cada vez mais. Por incrível que pareça, é suportável.

— Não parece — ele insistiu, preocupado.

— Mas é. Não parece ser o bebê de um supersoldado. Esperava que ela estivesse partindo meus ossos a essa altura.

— Nem fale disso — pediu, empalidecendo.

— Tenho uma teoria pra isso.

— Tenho medo de perguntar.

— É simples. Alex é mestiço. Não foi criado em laboratório e não tem a força da Silvia. Nossa filha é mistura de humano comum com um soldado mestiço.

— Portanto, mais fraca do que Alex.

— Isso. Por isso estou aguentando bem.

Ele matutou por algum tempo.

— Mesmo assim, está na hora de voltarmos à cidade. Se precisar ir ao hospital, melhor que ele esteja perto.

— Se voltarmos, não ficarei na sua casa. Você sabe tão bem quanto eu que se não libertarem os Gheler, o Laboratório virá atrás de mim. E já te expus demais.

— Não sei como o Alex aguentou você tanto tempo. Chega a ser irritante de teimosa.

— Coisas do coração.

Ele grunhiu.

— De qualquer forma, preciso voltar à cidade, e não é viável você se deslocar à toa. Vou amanhã cedo e volto à noite, no máximo no dia seguinte, se tiver que fazer alguma coisa.

– Pode ir tranquilo. Vou ficar bem. – Acariciei seu rosto tenso. – Apenas volte, senão não tenho como ir embora daqui.

Ele soltou um novo grunhido rabugento.

18
AMIGAS

Daniel saiu cedo na manhã seguinte e eu aproveitei para dormir o dia inteiro. Quando estava relaxada, Bettina também sossegava e quase não se movia.

No final do dia, comecei a ficar ansiosa com a volta de Daniel, esperando ver a luz dos faróis de sua camionete. Acostumara-me com sua presença. Quando passava de onze horas da noite, me conformei com o fato de que ele não voltaria naquele dia. Restava trancar tudo e dormir sozinha.

O dia seguinte foi uma agonia.

Conforme as horas passavam, as mais idiotas teorias começaram a vagar na minha mente carente de pensamentos sadios. Imaginava soldados emboscando Daniel em sua casa e o matando por não entregar meu paradeiro. Imaginava-os torturando-o e depois vindo me buscar. E pior, imaginava Alex morto, e Daniel sem coragem de voltar para me contar.

No final da tarde tomei um banho quente e tentei relaxar. Estava me enxugando, quando escutei o som de um carro se aproximando. Me vesti apressada e corri para as escadas, a tempo de ver a porta sendo aberta.

– Daniel! Finalmente! Nunca mais vou deixar...

As palavras morreram na minha boca.

– Oi, Laura!

Minhas pernas tremeram de emoção e tive de segurar no corrimão da escada para não cair. Encarei Daniel, querendo demonstrar que reprovara sua atitude, mas estava emocionada demais para isso.

– Oh! Meu Deus! – exclamou Amanda, dando passos rápidos em minha direção e me abraçando com força. – Não acredito que esteja mesmo aqui! Que esteja viva!

Retribuí o abraço na mesma intensidade, enterrando meu rosto em seus cabelos ruivos e encaracolados. Ela tinha o mesmo cheiro de que me lembrava.

Ficamos assim abraçadas e sem palavras por alguns minutos. Quando nos separamos, foi simplesmente para olharmos uma para a outra com mais atenção, ambas com lágrimas de felicidade caindo sem parar.

– Me desculpe... – comecei, sem saber direito o que falar.

– Você está enorme! – ela sorria.

– Você não devia estar aqui.

Ela me ignorou.

– Você está com o cabelo pingando. Vamos secá-lo – ordenou, eficiente, e pegou a toalha que eu havia deixado no corrimão da escada. Postou-se em minhas costas e começou a trabalhar em meus cabelos como uma mãe bondosa.

Com a visão livre, encarei Daniel.

– Por quê?

Ele deu de ombros e desviou o olhar.

– Ele não teve escolha, Laura. Ou me contava a verdade, ou eu não o deixaria voltar aqui. Pensei que ele estivesse com *outra*. – Ainda sorria quando me fez olhar para ela.

– Mas você estava em Cascavel.

– Resolvi voltar mais cedo e fazer uma surpresa. Sem contar que o celular dele estava sempre desligado. Quando chegou ontem, todo esbaforido e dizendo que precisava viajar de novo, percebi que alguma coisa estava acontecendo. Um dia implora para eu voltar e depois quer me deixar sozinha?

– Ela me colocou contra a parede. Não tive como escapar.

– Mesmo assim.

– Mesmo assim o quê? Sou sua amiga. Quero ficar ao seu lado.

– Você não tem ideia do que está falando, Amanda.

– Tenho, sim. Daniel me alertou de todos os riscos que você está correndo e me disse que era melhor que eu ficasse de fora.

– Eu implorei para que ela não viesse – afirmou Daniel, ainda temeroso.

– Acha que eu deixaria meu homem e minha melhor amiga em apuros e não faria nada? – ela perguntou raivosa para ele.

– Melhor amiga?

– Sempre. Para sempre. Não vou perder você de novo.

Depois daquilo, discutir seria perda de tempo. A burrada estava feita.

– E você precisa de uma *mulher* ao seu lado para ajudá-la com esse bebê. – Ela acariciou minha barriga.

Como se fosse um cumprimento de boas vindas, Bettina deu um chute particularmente forte sob as mãos de Amanda.

– Hmmm – foi tudo o que consegui dizer ao abafar um gemido.

– Ela vai ser forte – previu Amanda, encantada.

– É o que se espera – disse, quase sem fôlego.

– Ela precisa sentar, Amanda.

– É claro. Vamos.

Sentei-me com cuidado no grande sofá de couro.

– Não seria melhor voltarmos para a cidade? – Amanda perguntou a Daniel, mas respondi antes dele.

– Ainda não. Você teve alguma notícia? Alguma pista de que Alex pudesse ter te procurado?

– Não. Desculpe – respondeu Daniel, cabisbaixo.

– Você não tem de se desculpar. Nem sabemos se ele procuraria você, para começar.

A tensão que se instalou foi quebrada pela vivacidade de Amanda.

– Trouxe presentes pra você. Traga-os aqui, Dani.

– Pra já! – ele parecia aliviado por ter alguma coisa a fazer fora dali.

– Ele estava com medo da sua reação – Amanda esclareceu. Sorria sem parar. – Que bobo!

– Estou zangada! Mas o fato de você estar aqui... – segurei suas mãos – me deixa muito, muito agradecida a ele.

– Quando ele me contou que você estava viva... Nossa! É estranho assimilar.

– Me perdoa?

– Pelo quê?

– Por ter mentido. Por ter feito você chorar como tantos outros. Pela Andressa. Você tem contato com ela?

– Não tem de pedir desculpas. No fundo você não fez nada.

– Mesmo assim...

– Respondendo sua pergunta, eu e a Andressa nos falamos de vez em quando, mais pelo computador. Prometemos que nos encontraríamos pelo menos uma vez ao ano e estamos cumprindo à risca. Ela não mudou nada. Continua a mesma porra-louca, só que agora é uma *advogada* porra-louca.

Não consegui segurar a gargalhada. Daniel entrou e olhou para mim aliviado, colocando muitas sacolas aos pés de Amanda.

– O que é tudo isso? – perguntei alarmada.

Ela abriu o primeiro pacote e me estendeu um macacão rosa.

– Roupas para a Bettina. Daniel me contou que você não comprou nada ainda.

– Não mesmo, eu... eu... – fiquei sem palavras ao vê-la retirar roupas e mais roupas das sacolas.

– Espero que goste. Não tive tempo para escolher.

– São lindas!

– Me admira você não ter comprado nada – ela soou reprovadora.

– Ia comprar quando voltássemos para a cidade. Ou pedir a Silvia e a Ema...

– Tá. Tudo bem. Não precisa ficar triste. Não brigo mais. Vamos guardar tudo isso e fazer alguma coisa pra comer. O dia foi uma loucura, e não tive tempo pra isso.

Estudei Amanda enquanto ela preparava macarrão ao sugo. Parecia não ter envelhecido um único dia e exalava meiguice. Depois do jantar, ela se deitou comigo na cama e conversamos sobre os anos separadas. Contei-lhe tudo sobre Alex e os supersoldados, mas ela não se mostrou surpresa. Acredito que por Daniel também ter lhe falado sobre o assunto horas antes. Ela só assentia nas horas tensas e sorria nas horas alegres, sem nunca me interromper. Era estranho vê-la sem óculos, os quais ela largara depois de uma cirurgia corretiva.

Eu adorava Daniel, e sua companhia havia sido vital para mim nos últimos dias. Mas Amanda era diferente. Era amiga, era mulher e sempre me entendia.

Conversar com ela sobre minhas angústias foi essencial para suportar as semanas seguintes, até que Daniel não me deu alternativa e decidiu que iríamos voltar. Ele não falava, mas vivia tenso à espera do momento em que os ossos da minha bacia seriam triturados, ou algo parecido. Mas eu me sentia tão bem que não conseguia acreditar que algo assim pudesse acontecer.

– Não vou discutir o assunto. Arrumaremos tudo hoje, e amanhã estaremos na estrada.

Ele estava estressado, e eu sabia que era pela minha condição.

É claro que teríamos de voltar. Por mais que Daniel quisesse me ajudar, ele tinha a vida dele, um escritório renomado para tocar e não deixaria Amanda sozinha comigo. Por isso não discuti e fui para o quarto guardar as minhas coisas e as de Bettina. Distraída, caminhava do banheiro para o quarto, conferindo o conteúdo da *nécessaire* de banheiro, quando tropecei numa das malas espalhadas pelo chão, perdendo o equilíbrio. Com as mãos ocupadas, não consegui evitar o choque da lateral direita do corpo com a cômoda, antes de aterrissar de joelhos no chão. A dor foi imediata e sufocante. Demorei a voltar a respirar, e quando o fiz, uma forte náusea me obrigou a fechar os olhos e apoiar a cabeça na cama. Acreditei que fosse desmaiar. Não sei quanto tempo fiquei ali, mas só arrisquei me mover quando a dor na altura das costelas se tornou suportável.

Desistindo das malas, deitei de costas na cama, com medo de agravar a situação. Há meses esperava sentir uma dor parecida, mas esta seria causada por Bettina, e não por mim mesma.

Uma batida leve me fez olhar para a porta do quarto.

– Quer comer alguma coisa antes de dormir, mamãe? – Amanda perguntou animada, mas seu sorriso logo desapareceu.

– Não, obrigada. Só quero ficar deitada.

– Aconteceu alguma coisa? – ela perguntou preocupada, se ajoelhando ao lado da cama e colocando a mão na minha testa. – Você está pálida!

– Não, nada. Só estou mais cansada do que o normal.

– E tende a piorar. Ainda bem que Daniel teve pulso firme em decidir tirar você daqui. Precisa de cuidados médicos.

– Uhum – concordei, exausta demais para discutir. – Apaga a luz quando sair?

– Claro. Boa noite!

Ela beijou minha testa, apagou a luz, mas não fechou a porta como seria de esperar. Um sinal de que pressentia que as coisas não estavam tão bem.

Não dormi bem à noite. Toda vez que meu corpo protestava pela falta de movimento e tentava me mexer, a dor na altura das costelas voltava a latejar. De manhã, levantei com movimentos lentos e, ao conferir minha barriga no espelho do banheiro, me assustei com a grande coloração roxa no local da dor. Pelo menos, ficar em pé era menos dolorido.

— Você está com uma aparência horrível.

— Bom dia pra você também, Amanda.

— Você está bem? — perguntou Daniel, me observando preocupado.

— Estou bem, só cansada. Queria poder dormir pelo resto da vida. Gravidez dá sono, sabia? — tentei fazer humor, ante a cara preocupada dele.

— Se quiser arrumaremos outro esconderijo, mas em Curitiba.

— Não estou em condições de impor nada. Vou aonde meus carcereiros me levarem.

— Ui. Essa doeu – disse Amanda, me passando uma xícara de café, a qual eu fiz questão de tomar em pé.

Enquanto Daniel guardava as coisas no carro, Amanda terminava de arrumar a casa. Parecia que nunca tínhamos morado lá.

— Sente-se no banco da frente, Laura — ordenou Daniel. — É mais confortável.

— Posso deitá-lo um pouco?

— Sem problemas.

Cada solavanco da estrada de terra fazia a dor voltar. Ficou impossível disfarçá-la.

— Você está bem? — perguntou Amanda pela vigésima vez.

— Estou! — respondi irritada, pois até falar doía. — Só com dor nas costas.

— Você está branca como cera — disse Daniel. — Vou dirigir mais devagar.

— Não! Quanto antes chegarmos melhor.

– Vou te levar direto a um hospital.

– Não preciso de hospital. Só preciso me deitar.

Eles trocaram um olhar mudo e não fizeram novas indagações.

A viagem pareceu interminável. Quando finalmente entramos na rua da casa de Daniel, ele diminuiu bruscamente a velocidade.

– Tem um carro estranho lá na frente – avisou, parecendo angustiado.

– Vai ver é de algum vizinho – Amanda comentou, despreocupada. Apesar de saber toda a história, ela não tinha verdadeira consciência da extensão do problema.

Tentei levantar para ver, mas Daniel me impediu.

– Permaneça deitada. Você também, Amanda.

Amanda se abaixou, e ele passou devagar pela frente da casa, estacionando alguns metros depois.

– Vou descer e ver se a casa está vazia.

– Tem certeza? – perguntei assustada. Estar com dificuldade em me mover piorava tudo. Estava mais frágil do que nunca.

– Sim. Se eu não voltar em dez minutos, Amanda, pegue o carro e sumam daqui.

– Está me assustando, Daniel.

– Não é a minha intenção, amor. É só precaução.

Ele saiu determinado do carro.

– Amanda, me ajude a sentar!

– Como...? – ela perguntou, distraída, enquanto olhava para trás, vendo Daniel entrar decidido em sua casa.

– Levante meu banco!
– Ah!

A adrenalina me ajudou a ignorar a dor. Virei-me de costas, assim como Amanda, e fiquei olhando para a entrada da casa, não conseguindo ver nenhuma movimentação. Meus olhos se desviaram para o carro a que Daniel se referira. Não saberia dizer qual a marca, mas detalhes fizeram meu coração disparar: preto, sofisticado, vidros escuros que não permitiam enxergar seu interior.

– É ele! – afirmei, abrindo a porta.

– Laura, pare! – gritou Amanda enquanto tentava me segurar pela roupa, sem sucesso. Quando percebi, estava fora do carro. Toda a dor havia desaparecido pela expectativa.

– É o Alex – expliquei esperançosa, quase em frente ao portão, quando Amanda me alcançou e tentou me deter novamente.

– Como pode saber?

– Eu sei. Simplesmente sei.

Desvencilhei-me dos braços dela e abri o portão. Para meu completo aturdimento, minhas suspeitas se confirmaram.

19
OS GHELER

Daniel e Alex saíam juntos da casa e sorriam. Quando nos avistaram, estancaram surpresos. O sorriso de Alex foi gradualmente aumentando ao olhar em direção a minha barriga de quase oito meses, e quando seus olhos encontraram os meus, não tive tempo de decifrar as mil e uma emoções que passavam por ali.

Bettina não chutou com violência, mas acertou exatamente o lugar machucado no dia anterior. A sensação de náusea novamente me assaltou e meus olhos embaçaram, tirando Alex do meu campo de visão. Em segundos braços fortes me seguravam com delicadeza.

– Pronto, Laura. Está comigo agora – disse Alex, emocionado, com os lábios na minha testa. – Vou cuidar de você.

A posição em seu colo piorava a dor.

– Preciso deitar – avisei com dificuldade, e seus olhos se alarmaram.

– Na minha cama – ordenou Daniel.

Quando Alex me esticou na cama, consegui voltar a respirar sem dor e olhar para ele.

Alex havia envelhecido naqueles meses. Rugas que nunca imaginei serem possíveis existir em seu rosto estavam ali, mas de forma alguma estragavam o efeito geral. Ele estava com olheiras, barba malfeita e não havia cortado os cabelos.

– Pretende ficar cabeludo de novo? – perguntei, sem conseguir conter o sorriso.

– E por que não? Foi assim que conquistei você – respondeu ao se ajoelhar no chão ao meu lado, beijando de leve meus lábios. – Sua cor está voltando.

– É só uma questão de respirar.

– O que está doendo? – perguntou, segurando minha mão e olhando para o meu corpo como se esperasse ver algum osso saltando para fora.

– Agora, nada. Nossa filha dá ótimos dribles de vez em quando.

Os olhos dele marejaram, enquanto olhava para a protuberância que era a minha barriga. Devagar, como se temesse me machucar, Alex acariciou-a. Bettina correspondeu ao carinho, me fazendo arfar.

– Acho que ela te reconheceu – sussurrei.

Num esforço visível, ele afastou as mãos dos movimentos de Bettina, na esperança que ela parasse.

– Onde está doendo? – voltou a perguntar.

– Já passa. Não se preocupe.

– Ela reclamou de dor a viagem inteira – entregou Daniel, que até então havia se mantido quieto com Amanda.

– Não reclamei nada.

– Não reclamou, mas gemeu – reforçou Amanda. Consegui fuzilá-la com os olhos.

– Você precisa dizer onde está doendo, Laura – Alex insistiu.

– Está bem. É aqui, nas costelas, do lado direito.

Alex ergueu minha camiseta, exclamando surpreso ao ver a enorme mancha roxa.

– Oh, meus Deus! Isso aqui não foi de agora – ele afirmou.

– Ela não falou nada pra gente – Daniel se defendeu.

Suspirei irritada.

– Não falei justamente para evitar esse tipo de reação.

– Esse tipo de reação? – Amanda rugiu, mais irritada do que eu. – Não imaginava que você fosse tão... tão burra.

A verdade das palavras dela me magoou. Alex percebeu e intercedeu.

– Não adianta discutirmos isso agora. Preciso ligar para Robert.

Estava tão absorta da presença de Alex a meu lado, que somente naquele momento lembrei-me do restante de sua família.

– Onde eles estão, Alex? Estão todos bem?

– Sim, estão bem e perto, fazendo preparativos para nossa próxima aventura – ele explicou, sorrindo para me acalmar, enquanto efetuava a ligação em seu celular. – Pai, ela está comigo na casa do Daniel. Preciso que venha agora. Não podemos perder mais tempo.

– Perder tempo? Aventura? Do que está falando? Vocês ainda estão fugindo?

Não consegui me impedir de ficar histérica.

– Laura, pelo amor de Deus, se acalme! Não estamos fugindo, só ajeitando as coisas para o nascimento da nossa filha. Ou você prefere ir para um hospital? – ele perguntou sorrindo, numa fraca tentativa de brincar comigo.

– Você sabe que não.

– Então fique quieta, por favor.

– Se soubesse que ia aceitar tão bem essa história de gravidez, teria contado a você antes.

Uma sombra de dor passou pelos olhos dele, mas ele continuou sorrindo.

– As coisas vão ser diferentes agora.

– Diferentes?

– Não se preocupe. Robert tem algumas ideias para garantir que vocês duas saiam dessa ilesas.

Nós duas? De que forma Bettina não poderia sair desta ilesa? Nunca ouvira falar que o bebê tivesse sofrido de alguma forma.

– Do que você está falando? Que tipo de risco a minha filha corre?

– Nossa filha. Espere Robert chegar, e ele explicará tudo. E, pela milésima vez, fique quieta.

– Mas que droga, Alex, não quero ficar quieta! Quero que pelo menos me dê um beijo decente.

Dessa vez o sorriso foi genuíno.

– Hmmm. Vamos, Daniel. – Amanda empurrou o namorado para fora do quarto. – Temos de tirar as coisas do carro.

Só pude ouvir o clique da porta sendo fechada, pois Alex já tinha se apoderado dos meus lábios.

O sabor da sua boca era melhor do que morfina no meu corpo, que finalmente relaxou. Minha cabeça girou, e esqueci que estava dolorida, esqueci dos meses de solidão, esqueci dos problemas ainda a resolver. Só conseguia me concentrar no fato de que ele estava ali, comigo, e que eu preferia morrer a ser novamente separada de Alex.

Ele conseguiu se afastar, apesar da força que eu fazia com as mãos entrelaçadas ao redor do seu pescoço.

– Está bom assim pra você, meu amor?

– Muito pouco. Quero mais.

Ele riu satisfeito.

– Insaciável?

– Meses de espera. Qualquer uma ficaria insaciável.

– Você precisa descansar. Temos tempo agora.

Queria argumentar, dizer que não tinha tempo coisa nenhuma, mas aquilo só faria a preocupação voltar ao rosto dele e não nos ajudaria em nada.

– Quando você soube que eu estava grávida?

Ele ficou tenso, antes de responder.

– Quando encontrei com minha família, há três dias, no aeroporto Dulles, em Washington. Antes mesmo de cumprimentá-los, disse que precisávamos localizar você através do GPS, mas meu pai me interrompeu, dizendo que você estava no Brasil e me mandou sentar. – Ele ficou olhando para a janela como se algo interessante estivesse acontecendo ali fora. – Os outros já sabiam, pois só eu quase tive um ataque cardíaco. Mas Robert me acalmou, dizendo que havia aproveitado seus meses de cativeiro forçado para estudar maneiras de impedir que você seja machucada pelo bebê de agora em diante. Foi só o que me impediu de enlouquecer desde que eu soube.

– O que ele pretende fazer? – perguntei, assustada pela possibilidade de Bettina ser machucada por minha causa. – Não vai fazer uma cesárea antes da hora, vai?

– Pelo jeito também andou estudando maneiras de contornar os problemas.

– Tive muito tempo livre pra isso. Mas não temos por que nos preocuparmos. Bettina não me machuca.

– Não de propósito...

– É sério. Acho que você não passou seus genes de supersoldado a ela.

– Laura, não precisa mentir. – Seu tom de voz era calmo, como se estivesse convencendo uma criança birrenta. – Eu vi o machucado. Você está no mínimo com costelas fissuradas.

– Não estou mentindo. Esse machucado foi por pura estupidez ao tropeçar numa mala...

– Ei! Não vamos fazer nenhum mal ao bebê.

Surpreendi-me como, para proteger minha filha, seria capaz de brigar feio com ele.

– Bettina. Nunca me falou nesse nome antes – Alex comentou, claramente querendo mudar de assunto. Decidindo discutir questões práticas diretamente com Robert, entrei na dele.

– Não gosta?

– Gosto. Muito. Bettina – repetiu, sonhador.

Permanecemos um tempo em silêncio, mas havia muita coisa a perguntar.

– Onde ficou esse tempo todo? Foi machucado?

– Não se agite. Sinceramente não sei onde fiquei. Entrei no local de olhos literalmente vendados e sai do mesmo jeito. Não tive contato com ninguém da minha família, mas também não fui machucado. Não dei motivos para isso. Na verdade, fiquei apático, esperando a hora em que eles finalmente resolveriam fazer uma lobotomia. Me admira não terem feito – ele concluiu, prático.

– E você diz isso assim? Com essa calma?

– Você queria que eu dissesse o quê? Que briguei e fui torturado?

– Não, mas...

– Eu tinha muitas esperanças, Laura. Esperança que minha família estivesse bem, que Samantha estivesse com Ema, que você estivesse tocando sua vida. Mas mais do que tudo eu tinha esperança de que entendessem que nunca seríamos os soldados que eles queriam, que havia sido perda de tempo e investimento terem nos capturado. Sem contar a esperança de que o contato de Robert conseguisse fazer algo por nós.

– Mas se eles fizessem uma lobotomia... – não consegui terminar a frase. A ideia era repugnante.

– Não deixaria chegar a esse ponto. Pelo menos tentaria evitar. Mas até lá não poderia antecipar a minha morte sem um motivo forte. Pensar na morte era aceitar que nunca mais iria ver você, e isso eu não podia admitir.

– Também não poderia admitir essa possibilidade – revelei, acariciando sua face. Ele fechou os olhos para sentir com mais intensidade o contato. – E a Sam? Como ela reagiu?

– Como um verdadeiro soldado. Não esboçou reação à nossa captura, e Robert conseguiu que ela ficasse todo o tempo com Ema. No momento, não larga Luís por nada.

– Não vejo a hora de abraçá-la.

– Ela também está com saudades de você.

Fiz infindáveis perguntas, às quais Alex respondeu com tranquilidade para me manter quieta. Ele só se esquivava quando o assunto eram as ideias de Robert para mim e para Bettina.

Robert chegou meia hora depois, acompanhado de Silvia, que me abraçou com delicadeza e força ao mesmo tempo. Senti-me protegida com o abraço. O tipo de proteção maternal que Alex, com todos os seus poderes, não conseguiria me dar.

– Estava preocupada com você – ela disse sem me soltar.

– Você continua linda.

Não me veio outra coisa mais óbvia na cabeça. Silvia, ao contrário de Alex, e, pior ainda, de Robert, não havia envelhecido um único dia com tudo aquilo. Parecia até mais bonita.

— Você não existe — ela argumentou, rindo e chorando, ao mesmo tempo em que acariciava a minha barriga. — E a minha neta, como vai?

— Saudável. Preciso fazer uma ecografia.

Robert, que também havia me abraçado e beijado, tratou de me acalmar.

— Se tudo der certo, faremos uma ainda hoje.

— Onde?

— Vamos voltar ao iate — ele avisou, enquanto mexia numa maleta enorme, que me dava calafrios só de imaginar o que poderia haver ali dentro. — Lá temos todos os equipamentos de que você precisa.

— O iate? Onde ele está?

Há tantos anos não navegávamos que nem me lembrava da existência do barco.

— Na marina de Balneário Camboriú. Luís, Ema, Sam e Cássio estão lá à nossa espera.

Ele se aproximou com uma seringa cheia de líquido transparente, e eu me encolhi.

— A última vez que você me medicou, desmaiei até o dia seguinte. Não quero isso!

Alex pegou na minha mão, mas não disse palavras de conforto. Parecia constrangido.

— Foi para seu bem — explicou Robert com calma. O lado médico aflorando. — Confie em mim. É um relaxante muscular. Vai ajudá-la a aguentar as dores da viagem até o iate.

Qualquer coisa que me ajudasse a aguentar a dor era bem-vinda.

– Tudo bem.

Mal dei a permissão, ele aplicou a injeção.

– Alex comentou que você tem ideias para que eu consiga levar a gravidez até o final. Quais são?

Robert lançou a Alex um olhar reprovador.

– Tudo a seu tempo.

– Você está enrolando. Se for... Se for alguma coisa... Bettina... – não consegui mais formular palavras coerentes. Minhas pálpebras pesaram e as fechei para poupar o esforço inútil. De onde eu estava, parecia flutuar. Só conseguia ouvir.

– Não seria melhor esperar pelo ultrassom? – Alex perguntou a alguém.

– A gravidez está adiantada. Não podemos perder tempo – Robert respondeu.

Queria explicar que demorara a contar a Alex sobre a gravidez com medo de que ele brigasse, mas não conseguia me libertar da sonolência gostosa.

– Você tem certeza, Robert? – Silvia perguntou. Quando eu estivesse velha, ela ainda seria nova. Ela não envelhecia nunca.

Caramba! Ema ia permanecer linda também. Até Samantha. Só eu ficaria velha e enrugada. Ninguém merecia viver numa família de supersoldados sendo tão comum.

– Não temos outra opção. Desculpe.

Com quem Robert estava se desculpando?

Uma abelha ferroou minha barriga, perto do umbigo. Tentei alertar Alex, mas não consegui abrir a boca.

Flutuei.

Passei a alternar períodos de total escuridão, com outros em que tentava voltar à superfície, sem contudo me esforçar. Podia sentir que estava com a cabeça no colo de Alex. Ele fazia carinhos e beijava meu rosto o tempo todo. Isso era bom.

Escuridão. Quando acordei, Alex me carregava no colo. A luz incomodava meus olhos e, como estava relaxada, não fiz questão de mantê-los abertos.

– Você continua forte, Alex. Estou uma baleia – falei, com a cabeça encostada em seu ombro, como se fosse um bebê.

Alguém riu ao lado dele. Robert?

– Você está linda, meu amor.

– O humor dela está afiado.

Tentei abrir os olhos e vê-lo.

– Cássio?

– Calma! – Cássio disse com o rosto encostado no meu. – Eu estou aqui com você.

– Cássio! Já chegamos ao barco? – queria abrir os olhos, mas não conseguia. – Estou tão cansada.

– Você está em casa agora – Alex disse.

Tentei raciocinar. Cássio, barco, Samantha.

– Onde está a Sam?

Como se tivesse atendido o meu pedido, escutei a voz dela.

– Mamãe! Mamãe! Eles chegaram – ela gritava ao longe.

– Sam? – queria a todo custo enxergá-la, tocar nela, mas meu braço estava tão pesado quanto as pálpebras. – Onde você está, Sam?

Lágrimas de desespero inundaram meu rosto.

– Que droga Robert me deu? – perguntei histérica.

– Fique calma! Está tudo bem – Alex pediu. Havia nervosismo em sua voz.

– Não quero me acalmar. Quero ver Samantha! – comecei a chorar pela falta de controle sobre o meu corpo.

– Desculpe – Alex disse no meu ouvido, antes de uma nova picada.

De novo a sensação maravilhosa de flutuar no escuro.

– O que está acontecendo com ela? – perguntou Samantha, irritada. Quantos anos ela tinha? Não eram só cinco? Ela parecia mais velha.

– Ela está nervosa.

– É necessário mesmo? – perguntou Ema.

– Vai ser a única maneira de ela aceitar.

– Mesmo assim, ela devia ter sido consultada – recomeçou Ema. – Ela é a mãe.

– E eu sou o pai! – Alex quase gritou. – Por favor, Ema. Deixe-me salvar minha família.

Salvar sua família? Será que eu estava morrendo?

Bom, se morrer fosse tão tranquilo, não era má ideia.

– Ele está certo, Ema – concluiu Luís em sua voz afável.

Novo silêncio. Novas picadas. Novos barulhos estranhos. Um *bip, bip, bip* constante. Era difícil imaginar o tempo que teria passado. Ouvir vozes era raro, e mesmo assim somente as de Alex e Robert. Sempre em voz baixa, sempre falando coisas incoerentes.

Havia momentos em que sentia Alex me tocando, fosse segurando minhas mãos, fosse acariciando meus cabelos, fosse beijando o meu rosto. Quando eu tentava retribuir, de novo sentia a inconsciência agradável.

20
BETTINA

Eu caminhava por um lindo jardim colorido. A grama era verde e macia sob meus pés descalços, e as flores coloridas ao redor lançavam perfumes agradáveis. Uma única palavra definia o lugar: paraíso.

Ao avistar um minúsculo canteiro arruinado por ervas daninhas, ajoelhei-me em sua frente e com uma espátula comecei a arrancá-las. Era inconcebível que uma planta pudesse acabar com a vida e a beleza de outra.

O sol escaldante queimava minhas costas expostas pelo vestido branco, de tecido fino e leve, mas isto não me incomodava. Assim como não incomodava o fato de o meu vestido estar ganhando manchas de terra, bem como minhas unhas bem cuidadas. Parecia que nada no mundo poderia me incomodar ou acabar com a minha felicidade.

Um novo som invadiu a harmonia ao meu redor. Ergui os olhos procurando a origem. Antes mesmo de enxergar, meus lábios se abriram num sorriso satisfeito. Ali estava a verdadeira fonte da minha felicidade. O motivo pelo qual nada no mundo poderia me incomodar naquele momento.

Alex caminhava tranquilo em minha direção. Assim como eu, estava de pés descalços e vestia somente uma bermuda branca de algodão. A visão do seu torso nu e bronzeado tomou conta da minha mente por meros segundos, assim como seu sorriso indescritivelmente perfeito.

Mas naquele momento havia muito mais para se olhar.

Pendurada em seus ombros, havia uma garotinha de vestido branco idêntico ao meu. Devia ter no máximo três anos e tinha os cabelos lisos na altura dos ombros, no mesmo tom escuro dos cabelos do pai. Sua pele era clara como a minha, e sua boca cheia e rosada abriu-se num sorriso espetacular, assim que nossos olhares idênticos se encontraram.

Ela não chegou a emitir som, mas era nítido que seus lábios diziam *mamãe*.

Levantei-me para caminhar até eles, quando avistei vultos invadindo nosso jardim. Vários homens e mulheres, belos o suficiente para que não houvesse dúvidas de que se tratavam de supersoldados.

Mas o que eles faziam ali? Não havia um acordo de que nunca mais seríamos perseguidos? A vida de evasões não havia acabado?

Meu primeiro reflexo foi o de gritar, alertando Alex, mas com isso ele poderia desproteger Bettina. Foi então que lembrei que aquilo não era mais necessário.

Num movimento ágil, a espátula de jardim virou uma arma em minha mão. Eu sabia exatamente o que fazer...

Despertei lentamente do sonho estranho. O fato de ter começado tão bonito e terminado alarmante havia me aborrecido. Não estava com a mínima vontade de abrir os olhos.

Senti a cama macia e, ainda sonolenta, tentei me concentrar em lembrar onde estava. Aos poucos a realidade foi penetrando na minha consciência, me fazendo recordar dos últimos acontecimentos.

Alex!

Ele havia voltado mesmo ou seria um sonho?

Se fosse sonho, tinha sido bom. Pelo menos até a hora em que Alex deixara Robert me sedar com a justificativa de salvar sua família. Mas qual seria o seu propósito? Pelo quê eu teria que passar dormindo que não poderia passar acordada? E por que Ema estava aborrecida por eu não ter sido consultada?

A resposta me acertou como um soco, me fazendo despertar totalmente. Por reflexo, abri os olhos, ao mesmo tempo em que me sentava na cama, as mãos querendo abraçar e proteger a barriga... Que não estava mais lá.

— Laura! Fique calma!

Alex me abraçava firme pelos ombros.

O alivio de vê-lo real ao meu lado foi substituído pelo pânico.

— O que aconteceu? Onde está minha filha?

Tentei levantar, mas ele me deteve.

— Você não pode se levantar!

— Não me interessa! Quero saber o que fizeram com a minha filha!

Uma sombra de mágoa surgiu em seus olhos. Minha raiva não abrandou.

— Ela está bem!

— Não acredito! Quero vê-la!

— Pelo amor de Deus, se acalme! Não pode se mexer desse jeito. Vai acabar abrindo os pontos!

Forcei-me a ficar quieta, mas a raiva não cedeu.

— Como pôde deixar Robert fazer isso? Ela não estava pronta para nascer! — Estava histérica e nem um pouco preocupada com a altura da minha voz.

Alex me encarou aturdido.

— Você realmente acha...?

Nesse momento a porta se abriu, e Silvia entrou trazendo um embrulho de tecidos nos braços. Meus olhos não conseguiam se desviar dele.

Tomei uma vaga consciência das pessoas atrás de Silvia.

— Pelos gritos, imaginei que não podia mais esperar para ver sua filha — disse Silvia, se aproximando.

Com calma, pousou o bebê nos meus braços. – Olhe, Bettina. É a sua mãe.

Ela era semelhante à menina dos meus sonhos, com os cabelos da mesma cor dos de Alex, a pele clara e os enormes olhos escuros como os meus.

– Ela está bem? Ela é prematura...

Comecei a chorar, mesmo vendo que ela era grande e saudável.

– Ela não é prematura – afirmou Robert, de algum lugar do quarto estreito. – Estava mais do que pronta para nascer.

Levei alguns segundos para entender.

– Não é prematura? – perguntei, conseguindo desviar os olhos de Bettina, encontrando o rosto de Robert aos pés da cama. – Mas eu mal completei oito meses.

– Você ficou... hmmm... dormindo – agora era Luís quem falava – por quase um mês.

– O quê? – ainda deveria estar grogue, pois não acompanhava o raciocínio deles.

Ninguém respondeu. Agora conseguia enxergar todos os rostos ao meu redor, inclusive os de Ema, Cássio e Samantha, a única que sorria.

Olhei de volta para Alex.

– Alex. O que vocês fizeram?

Ele ignorou minha pergunta, passando delicadamente o dedo pelo rosto de Bettina.

– Não importa. Vocês duas estão aqui e estão bem! – respondeu Cássio, encerrando a discussão.

Tive vontade de gritar dizendo que importava sim, que eles haviam me enganado. Mas, mesmo com a raiva que sentia, tinha de admitir que ele estava certo. Eu estava viva e com minha filha nos braços.

Havia me esforçado tanto nos últimos meses para tê-los ali comigo, exatamente daquela maneira, que nunca poderia imaginar que me sentiria decepcionada.

Ia perguntar onde estava, mas uma rápida olhada ao redor me fez reconhecer o quarto do iate. O mesmo quarto em que Ema havia ficado até o parto de Samantha. Um quarto que mais parecia um leito de hospital, com os aparelhos médicos.

– Onde estamos?

– Na costa brasileira. Em Santa Catarina – respondeu Silvia, aliviada ao escutar uma indagação não relacionada ao nascimento de Bettina.

– Você tem uma filha linda, Laura! – disse Ema, se aproximando. – Parabéns!

– Ajudei a dar banho nela – contou Samantha, entusiasmada.

Ainda havia tensão no ar devido ao ataque que eu havia dado. Precisava reverter o quadro.

– Não sei há quanto tempo estamos juntos, mas pra mim parece que faz somente alguns minutos. Então, será que poderiam me cumprimentar decentemente?

Todos sorriram, mas não tive coragem de encarar Alex para saber sua reação. Era nítido que estava magoado pela falta de palavras.

Fui longamente abraçada e beijada, principalmente por Samantha.

– Tenho tanta coisa pra te contar, tia.

Tia? Eu não era mais a dinda?

– Imagino.

– Mas vai contar outra hora, Sam – alertou Ema. – Laura precisa descansar e comer alguma coisa.

– Você também vai contar suas aventuras? O tio Daniel não sabe de todas – comentou Samantha.

– Daniel? Ele está aqui?

– Agora, não – respondeu Alex. – Mas ele e Amanda se juntarão a nós nos próximos dias.

Sua expressão era séria e ele fora o único a não me abraçar.

– Que... bom.

Sentindo a tensão no ar, Silvia se manifestou.

– Agora todos pra fora. Laura precisa descansar. Vamos!

Em meio a murmúrios de protesto, todos saíram, com exceção de Alex e Bettina, que estava em meus braços. Era estranho ouvir tantas vozes ao mesmo tempo, depois de tanto tempo sozinha.

Olhei para minha filha, que continuava alerta, acompanhando cada movimento. Suas mãos seguravam com força meus dedos. Obriguei-me a quebrar o silêncio constrangedor.

– Devo tentar amamentá-la?

Alex pareceu acordar de um devaneio.

– Não. Ela a machucaria. Está sendo alimentada com um leite especial. Faz menos de uma hora que mamou.

– Hmmm. Certo.

– Depois de comer alguma coisa e se sentir mais forte, podemos ir para o nosso quarto. O berço dela está lá.

– Pelo jeito tudo foi providenciado.

– Tivemos tempo.

– Um mês...

– Vinte e seis dias.

Não queria parecer mal-agradecida, mas foi difícil.

– Não consigo entender. Se Robert queria que eu permanecesse imóvel, eu ficaria. Não precisava ter me sedado.

Não estava mais irritada, mas magoada.

– Não era só você que precisava ficar imóvel.

Dessa vez minha mente trabalhou rápido.

– Bettina... O que fizeram com ela?

A raiva brusca voltou antes mesmo de Alex se justificar.

– Foi preciso sedá-la. Muito levemente... – ele apressou-se em explicar ao perceber a explosão que se formava em meu íntimo. – Ela ficou bem. Foi monitorada o tempo todo e...

– Isso era necessário?

– Pelo tamanho de Bettina e a quantidade de movimentos que ela fazia, já era pra você estar no mínimo com mais do que algumas costelas fissuradas...

– Mas não foi ela quem me machucou...

— Ou até em situação pior — afirmou, ignorando meu comentário. — Não nos restou opção a não ser sedar você também.

Nesse ponto, ele tinha razão. Nunca aceitaria a ideia.

— Ela não vai ficar com sequelas?

— É óbvio que não. Robert sabia o que estava fazendo. Ele não arriscaria sua vida ou a dela de nenhuma maneira. Muito menos eu!

Encarei-o aturdida pela agressividade em suas palavras. Ele olhava para Bettina, e era evidente que ainda estava magoado.

— Me desculpe. Surtei ao não senti-la.

— Entendo. Mas não está fácil esquecer a acusação em seu rosto.

— Eu me assustei. Eu...

— Como pôde, por um momento sequer, duvidar das minhas intenções?

Ele conseguira reverter o jogo.

— Foi estúpido da minha parte. Agradeço tudo o que você fez. E confesso que não tinha esperanças de ver esta cena acontecendo.

— Que cena?

— Nós três juntos.

Ele entendeu minha agonia. Sua expressão suavizou.

— Esqueça. Já passou.

— Prove.

— O quê?

— Você entendeu. Prove que estou perdoada.

— Como? — perguntou, finalmente sorrindo.

– Você sabe muito bem como.

Alex inclinou-se para mim e me beijou. Um beijo lento, mas carregado de significados.

Soltei um gemido estrangulado.

– O que foi? – ele perguntou sem afastar sua boca.

– Acho que nossa filha quebrou meu dedo. Mas, por favor, não pare.

– Precisa sair um pouco desse quarto – disse Alex, dois dias depois. – Tomar sol, comer coisas sólidas.

– Não estou com fome – avisei. – Mas quero dar uma circulada.

– Deixamos o almoço para mais tarde.

O barco estava silencioso, mas logo encontramos Ema, Samantha, Silvia e Cássio jogando baralho na mesa de jantar. Todos sorriram ao me ver, mas nenhum demonstrou a mesma euforia que eu.

Havia perdido alguma coisa? Eles não haviam ficado meses trancados num laboratório enquanto eu tentava libertá-los? Por que não me abraçavam com o entusiasmo que eu achava merecer?

Alex, como sempre, compreendeu minha agonia.

– Eles a veem todos os dias, há mais de um mês.

– Hmmm. – Aquilo diminuiu um pouco meu desapontamento.

Parecíamos ter voltado no tempo, à época em que vivemos naquele mesmo barco, em águas internacionais. As únicas diferenças eram que agora Bettina estava conosco, e estávamos sempre navegando pela costa brasileira.

Mesmo o barco sendo enorme, era difícil ficar sozinha com Alex. À noite tínhamos de revezar nos cuidados com Bettina. Ela não chorava, mas demorava a dormir.

– Venha aqui. – Alex estendeu a mão em minha direção. Eu havia acabado de ajeitar Bettina em seu berço reforçado ao lado da nossa cama.

Aninhei-me em seus braços, e nossos lábios se encontraram, mas ao contrário do que desejava, o beijo foi lento, profundo, ainda que não menos satisfatório. Quando parou, Alex apagou as luzes e ficou me encarando pela luz do luar que entrava pela janela.

– Por que não contou que Guilherme estava envolvido no sequestro? – a pergunta escapou sem que pensasse nela. Se Alex estava criando um *clima*, eu tinha feito com que ele evaporasse.

– Porque quando a libertamos, você só tinha as lembranças de seu passado. Macular a imagem que tinha dele, só pioraria a situação. Nunca imaginei que você voltaria a falar com Guilherme – completou, tranquilo.

– Nem eu.

– Mas ele se arrependeu. Disso tenho certeza.

– Como assim? Ficou sabendo de alguma coisa?

– Conversei com ele.

Como Alex podia me jogar uma bomba daquelas e permanecer calmo?

– Quando?

– Quando fui à casa de Daniel procurar por vocês. Ele estava lá.

Cheguei a sentar depois dessa.

– O que ele estava fazendo lá? Como sabia onde Daniel morava?

– Ele seguiu você. Me contou como vocês se encontraram, como havia ajudado a encontrar os documentos no haras e como você fugiu dele. Depois que vocês conversaram em Dois Vizinhos, ele passou a segui-la.

– Eu não percebi nada.

– Ele soube ser discreto. Afirmou que só apareceria se você precisasse.

– Mas o que ele estava fazendo na casa do Daniel?

– Esperando vocês voltarem. Ele tinha perdido você de vista e tentava descobrir onde estava. Havia decidido ficar ao seu lado até Bettina nascer. Queria protegê-la.

– Como se ele pudesse! – Encarei o céu estrelado, incomodada. – O que levou você a acreditar que ele se arrependeu?

Ele pensou alguns instantes antes de responder.

– Quando nos encontramos ele pediu para conversarmos. Contou como havia se envolvido com Melissa, como ela fizera a ponte com Joseph e como ele fora envolvido nessa lama toda. Mas o que me levou mesmo a acreditar que estava sendo sincero foi que, apesar de estar praticamente sendo encarcerado por Melissa, e ciente de todos os riscos que corria ao traí-la, em momento algum pensou em entregar você a eles. E olha que ele teve muitas oportunidades.

— Melissa o mantém sob vigilância?

— De certa forma. Eles tinham esperança de que você o procurasse um dia.

— Não seria a hora de o ajudarmos então?

— Temos que pensar nisso com frieza. Apesar de tudo, a vida de Guilherme é segura. Livrarmo-nos de Melissa é provocar Joseph, e isso poderia desencadear tudo de novo.

Fazia sentido. Além do que, eu não devia nada a Guilherme.

Alex voltou a me beijar com carinho.

— Durma, Laura Gheler — ele sussurrou no meu ouvido. — Nada mais vai nos separar.

Acreditei de coração na sentença.

21

RECOMEÇO

Enquanto aprendia a ser mãe, ia sendo informada de tudo o que acontecera com a família Gheler naqueles meses de ausência. Como Silvia tinha sido separada de Samantha, que ao menos havia ficado com Ema, o que, na minha opinião, era mais importante. Como Alex, Cássio e Luís haviam ficado em locais isolados, até que o futuro deles fosse decidido. Como Robert havia usado o tempo testando maneiras de me salvar. Preferi não perguntar quem tinham sido suas cobaias. Não nos faria bem e já havia acontecido.

Samantha amadurecera muito. Conversava como adulta e se irritava caso fosse deixada de fora de alguma decisão. Só relaxava e voltava a ser criança quando ficava sozinha comigo e com Bettina. Ou quando Luís tinha de sair do barco, e ela não podia acompanhá-lo. Nesses curtos momentos de separação, a menina parecia reviver o horror de ter sido afastada do pai. Em razão disso, Luís somente o fazia quando não havia outra opção.

Cássio, como sempre, era quem mais se ausentava. Usava a desculpa de que procurava o lugar ideal para construirmos uma nova vida, uma vez que havíamos decidido por unanimidade não irmos embora do Brasil.

Com o passar dos dias, Bettina demonstrou ser um bebê saudável, tranquilo e que adorava rotina. Tinha hora exata para mamar e dormir, e só chorava se alguns desses fatores fossem alterados. Não tivera cólicas e, apesar de ser mais forte e esperta do que uma criança comum, não se comparava a Samantha quando bebê. Meus genes inferiores haviam cuidado disso.

A vida no barco começou a me chatear. Amava minha família, mas sonhava com a normalidade. Queria terra sob meus pés e uma casa para dividir com Alex e nossa filha.

A cada retorno, Cássio nos apresentava algumas opções. Casas retiradas, fazendas e até um haras, em lugares diversos do Brasil. Como heroína da vez, coube a mim a escolha do local. Não pensei duas vezes antes de escolher Florianópolis. Sempre amara a cidade, e era o mais perto que estaria da minha família original.

Quando Bettina estava com quase dois meses, ancoramos o iate na marina *Marina*, na praia de Sambaqui, ilha de Florianópolis. Cássio havia providenciado dois carros que nos levariam à nossa nova casa, localizada no sul da ilha.

A residência ficava numa imensa área verde e privativa, com vista para a praia de Pântano do Sul. Era construída com matéria-prima local, pintada em cores claras, mas sua arquitetura lembrava a casa do haras, com o fundo repleto de paredes de vidro, que se abriam para um deque de madeira, onde ficava a piscina. Passamos o dia explorando o imóvel, imaginando maneiras de mobiliá-lo e decidindo os rumos que todos seguiriam na nova etapa da vida.

O dia foi agradável, e eu estava feliz porque tudo correra bem no primeiro passeio de Bettina em terra. Quando voltamos ao iate no fim da tarde, Alex me impediu de subir ao barco, contendo-me pela mão.

– O que foi? – perguntei confusa.

– Tenho mais uma coisa para te mostrar.

– Agora?

– Sim.

O brilho em seus olhos fez minha barriga formigar.

– Suponho que Bettina não irá junto.

Ele sorriu.

– Supôs corretamente.

Meu coração acelerou de antecipação.

– Eu... Hmmm... Vou avisar a Silvia de que vamos sair.

Ele me conduziu a um dos carros.

– Ela sabe. Garantiu que teve quatro filhos e uma neta de experiência, e que pode cuidar da Bettina por uma noite.

Uma noite! Uma noite inteira sozinha com Alex!

Minhas mãos começaram a suar.

Que droga! Por que ele não havia avisado? Poderia ter colocado uma roupa diferente, ter comprado uma lingerie sexy. Agora estava ali, totalmente sem graça e mais nervosa do que na primeira vez em que ficamos juntos.

Estava tão concentrada em minhas neuras que só percebi que estávamos nos dirigindo à lagoa da Conceição quando chegamos lá.

– Onde estamos indo? – perguntei quando a curiosidade superou o nervosismo.

– Surpresa.

– Ah!

Alex passou pela lagoa e seguiu rumo à Barra da Lagoa, entrando numa estreita estrada de chão. Seguimos mais alguns metros, quando ele virou à esquerda, parando em frente a um convidativo portão de ferro branco, que se abriu em dois quando ele acionou o controle remoto.

– Vai me matar de curiosidade ou me contar o que estamos fazendo aqui?

Sem pressa, Alex estacionou em frente a um charmoso sobrado vermelho, antes de responder sorrindo:

– Uma simples inspeção. Quero que tenhamos a nossa própria casa e gostei dessa.

Olhei para o sobrado de novo, iluminado por lâmpadas acesas do lado de fora.

– Está falando sério?

– Sempre falo sério. E se você não sorrir e demonstrar entusiasmo, vou deduzir que não quer morar aqui comigo e com a Bettina.

Sorri na medida em que a imagem ia dominando meus pensamentos.

– Uma casa pra nós? Só nossa?

– Essa é a ideia. Quer conferir?

Não precisei de outro convite.

Alex me guiou pela casa, sempre segurando minha mão. No andar térreo havia uma sala enorme com lareira, cozinha, lavanderia e banheiro. No andar superior havia duas suítes e, como bônus, havia o sótão, enorme, com teto alto e grandes janelas de madeira, além da vista para o mar e para a lagoa da Conceição.

– Ótimo lugar para montar um estúdio para mim e um quarto de brinquedos para a Bettina – me ouvi dizendo, enquanto apreciava a vista da janela. – Desde que você providencie telas de proteção. Essa janela não parece reforçada.

Arrepios nada prazerosos me percorreram ao imaginar o perigo que seria uma criança cair daquela altura, diretamente no piso de concreto lá embaixo.

– Isso quer dizer que gostou? – Alex perguntou presunçoso.

– Isso quer dizer que ainda não comprou? – perguntei enquanto o abraçava.

– Não. Queria sua aprovação primeiro.

– Não tem perigo de perdermos o negócio? Eu quero esta casa.

Ele me beijou demorado, antes de responder rouco.

– Não com o valor que paguei de sinal.

Procurei sua boca novamente, mas ele me segurou.

– Não terminamos o tour.

Ergui uma sobrancelha e me limitei a segui-lo para os fundos da edificação.

– No momento não tenho interesse em conhecer a garagem – comentei rabugenta, tentando provocá-lo.

– Não é a garagem, apesar de ser uma parte importante da casa. Principalmente quando a Bettina começar a dirigir.

– Alex, você pensa tão longe. Eu...

Ele acendeu as luzes do quintal, revelando um gramado bem cuidado e uma vista deslumbrante das luzes da movimentada vida noturna da lagoa. No meio do gramado, havia uma enorme manta estendida e, sobre ela, almofadas, taças e um balde de gelo com meu espumante preferido.

– Ficou sem palavras? – ele perguntou, nos aproximando da manta, onde se abaixou para pegar a bebida.

– Você pensa em tudo.

– Imaginei que chegaríamos a um acordo sobre a casa, então, nada mais justo do que comemorar.

– E se eu não aceitasse?

Ele me passou uma taça cheia, antes de responder.

– Acharíamos outro motivo para comemorar.

Batemos nossas taças de leve.

– A nós.

– A nossa nova vida – acrescentei, antes de tomar um gole exagerado.

Alex colocou sua mão livre sobre a minha nuca e me puxou com determinação para os lábios dele. Meu corpo amoleceu, e deixei a taça cair na grama, enquanto me esquecia de qualquer preocupação – como qual roupa deveria estar vestindo.

Acordamos com os primeiros raios de sol nascendo no horizonte. Uma brisa esfriava meu rosto, mas o restante do corpo estava quente, encostado a cada milímetro possível do corpo de Alex e debaixo de cobertores que ele misteriosamente havia encontrado no porta-malas do carro, durante a madrugada.
– Bom dia! – Alex beijou meu ombro.
Minha resposta foi me aconchegar mais a ele.
– Está preparada pra voltar?
– Se não fosse pela Bettina, nunca mais sairia daqui.
Abri os olhos e olhei com mais interesse para a casa, agora visível com a claridade do dia. A cor vermelha e forte que em outra época me faria arrepiar os cabelos, agora parecia dar todo o charme local.
– Não está com fome? – Alex perguntou, mordiscando minha nuca e pescoço, demonstrando estar preocupado com outras coisas além do café da manhã.
– Não temos vizinhos?
– Não perto. Privacidade total.
– Nesse caso... – virei-me de frente pra ele – não estou com fome...

Com esforço, conseguimos chegar para o almoço no iate. Estávamos tão relaxados que nem os comentários irônicos da família conseguiram apagar nossos sorrisos. Fui direto ao quarto para cuidar de Bettina, que estava serena e me olhava como se dissesse: "você não é insubstituível".

Os dias seguintes foram de planejamento. Ema, Silvia e Samantha ficaram encarregadas da compra dos móveis para a casa delas, sendo que a decoração ficaria ao meu encargo. Cássio não tardou a viajar, Robert conseguiu emprego de professor numa faculdade local e Luís decidiu continuar estudando Medicina, almejando um diploma legal.

O que Alex desejava era uma incógnita. Ele não gostava de falar de si, mas o conhecia o suficiente para saber que, se pudesse, voltaria ao ramo de Direito Internacional. Ao mesmo tempo, enquanto ele alegava que não sofríamos mais nenhum tipo de perseguição, deixou claro que trabalharia perto de casa, não importando o que decidisse fazer.

Daniel e Amanda vieram passar as férias velejando conosco. Mesmo não sendo ligado em crenças, Alex os convidou para serem padrinhos de Bettina. A sugestão me alegrou, pois eles mais do que provaram que fariam de tudo por nossa filha.

A estadia de Daniel deixou Alex ainda mais saudoso de seus tempos de escritório. Então, numa noite, depois de colocarmos Bettina para dormir, a ideia surgiu.

– Por que não monta um escritório de consultoria on-line?

Alex, até então absorto na leitura de uma revista jurídica, virou-se para mim.

— O quê?

— Pra você trabalhar. Um escritório de consultoria on-line, na área de Direito Internacional. Não precisaria aparecer.

— Sem aparecer? Como conseguiria clientes?

— Daniel o recomendaria.

— Simples assim?

— Por que seria complicado? Trabalhar você sabe. Seria questão de tempo até conquistar os primeiros clientes. Os demais viriam pelo boca a boca.

Ele voltou a olhar para a revista, mas sabia que estava ruminando a ideia.

— E poderia trabalhar em casa — reforcei. — Cuidando da Bettina quando eu estivesse fora, fazendo meus serviços.

Ele me olhou de novo. Seu sorriso era irônico.

— Eu dentro de casa cuidando dos filhos, e você o dia inteiro na rua?

— Tempos modernos — disse, dando de ombros. — Converse com Daniel. Tenho certeza de que ele vai achar a sugestão excelente.

— Andaram conversando?

Eu sorri.

— Não. A ideia foi minha. Pode me parabenizar.

Ele fechou a revista e pulei para seu colo.

— Ficou metida depois de salvar minha família. De me salvar.

Senti-me presunçosa. Não pelo elogio sutil, mas pelo brilho nos olhos dele enquanto deslizava as alças da minha camisola de cetim pelos ombros.

– Imagine se eu fosse um supersoldado.

– É uma supermulher. Para mim, isso basta.

Sua voz estava rouca, e minha pulsação acelerou. Suas mãos começaram a passear pelo meu corpo, e fechei os olhos para me entregar às sensações, quando Alex se deteve.

– Não feche os olhos. Quero que olhe pra mim... Só pra mim – ele ordenou de maneira sexy. Um novo Alex que eu ainda não conhecia.

Suas mãos voltaram à ação e não desgrudei os olhos dos deles.

– Não vai se arrepender – ele prometeu, mais sedutor do que nunca, me deitando na cama.

Como sempre, estava com toda a razão.

Robert e sua trupe se mudaram para a casa no Pântano Sul, enquanto a nossa continuava em reforma por ser mais antiga.

Apesar de Alex, eu e Bettina ainda estarmos morando no barco, passávamos boa parte do dia na casa de Silvia. Foi numa dessas tardes que parte das dúvidas que me atormentavam há algum tempo foram esclarecidas.

Robert estava em seu escritório, montado no andar térreo, com varanda para a lateral direita da casa. Não havia planejado a sabatina, mas Bettina dormia, e ele estava ali, disponível. Bati no batente da porta antes de entrar. Ele digitava e sorriu pra mim, fazendo sinal para que me aproximasse.

– Não quero atrapalhar.

Olhando para seu rosto sorridente, percebi a semelhança com Alex, que até aquele momento havia passado despercebida aos meus olhos.

– Se tem uma pessoa que nunca atrapalha é você, Laura. Sente-se aqui. Estou conversando com Ralf.

Obedeci e sentei-me à sua frente.

– As linhas de comunicação estão seguras de novo?

– Sim. Muita coisa mudou depois da nossa estadia por lá.

– Espero que para melhor.

– Para alguns, sim. Em compensação, para Joseph, nem um pouco. Ele foi rebaixado.

– Rebaixado?

– Pra falar a verdade, isso foi até bom. Para ele. Melhor do que ser eliminado.

Engoli em seco.

– Eles poderiam tê-lo matado?

– Sim. Ele fez inimigos desnecessários, colocou muita coisa a perder por causa de uma vingança pessoal idiota. E chegar a esse ponto, numa organização como o Laboratório, é quase uma traição.

Com Robert falante, percebi a chance de fazer perguntas.

– O que te faz acreditar que qualquer um daqueles que foram indiretamente ameaçados de terem suas identidades reveladas não virão atrás de nós?

– Eles sabem que revelá-los seria o mesmo que nos expor. E uma vez que não estamos sendo ameaçados...

– Mesmo assim. Antes era tantos atrás de nós e agora ninguém? Parece fácil demais.

Ele fechou o computador e olhou para mim.

– Acho que há um detalhe que passou despercebido a você. Quando eu, Silvia e Luís fugimos do Laboratório, fomos dados como mortos, como pretendíamos desde o início. Tudo isso ficaria no esquecimento se não fosse a doentia determinação de um homem em se vingar.

– Joseph.

– Isso. Assim como eu, Joseph amava Silvia, e acredito que faria de tudo para vê-la feliz. Mas não sei até que ponto abandonar o poder, que já havia conquistado naquela época, estaria entre seus atos por ela. Enfim, ele não desistiu até provar que estávamos vivos, subir ao poder e colocar marionetes em nosso encalço. Nada o faria desistir.

– E não desistiu.

– Não. Só que a empenhada busca por nós foi o começo de sua ruína. Quando correu a notícia entre os grandes de que seis soldados, entre eles uma criança, que viviam reclusos e que jamais fizeram algo para ameaçar o Laboratório, haviam sido capturados, causou-se uma sensação de mal-estar geral. Para quê aquilo? Qual o objetivo?

– Obrigá-los a trabalhar para eles.

– Mas aí é que está. Como obrigar-nos a lutar por algo em que não acreditamos? Que não fomos ensinados a entender desde o nascimento? Ou mesmo no caso de Silvia, que cresceu acreditando em um bem maior, mas que depois descobriu que a vida não era assim. Seria mais lucrativo criar supersoldados do que gastar milhares de dólares numa busca infrutífera.

– Mas ele conseguiu sua vingança.

– Por alguns momentos, sim. Até você tirar o sono dele. Até descobrirem o que ele havia feito, como estavam sendo ameaçados e como tudo poderia ser remediado.

– E como descobriram?

– Digamos que Ralf deu um jeito das conversas telefônicas de vocês irem parar nas mãos, ou melhor, nos ouvidos certos.

– Se Ralf não estivesse envolvido, acha que minhas chantagens produziriam efeito?

Robert coçou o queixo enquanto pensava.

– Acho que não. Joseph chegou ao limite em que era tudo ou nada. Ele não abriria mão de trinta anos de perseguição. Se a história viesse à tona, ele se afogaria com prazer, desde que nos levasse junto.

– Animador.

– Mas não temos de nos preocupar mais com isso.

– De novo a minha pergunta. Quem garante que não há alguém disposto a terminar o que Joseph começou?

– Ralf – Robert respondeu. – Ele ocupou o cargo que tiraram de Joseph.

Encostei-me na cadeira, surpresa.

– Não imaginava que ele ocupasse um cargo importante.

– Ele era uma espécie de vice-presidente.

Permaneci em silêncio, absorvendo a novidade.

– Que sorte termos um amigo tão dedicado.

– O Ralf é grato. Mas ele também tinha segundas intenções em tudo o que fez. Sabia que a queda de Joseph seria o seu triunfo, e não perdeu tempo em nos usar para consegui-la.

– Agora acho essa lealdade mais aceitável. Não sei por quê, mas sempre tive um pé atrás com ele.

– Intuição feminina?

– Acredito que sim. – Encarei meus dedos enlaçados no colo, não querendo encerrar ainda nossa conversa.

– Tem alguma coisa lhe incomodando? – ele perguntou, lendo minha expressão.

– Só uma curiosidade – voltei a encará-lo. – Tem alguma coisa errada com a Bettina?

Ele arregalou os olhos, surpresos.

– Por que acha isso? Ela está doente?

– Não! – apressei-me em esclarecer. – É só que a gravidez dela foi tão... fácil. Em nada pareceu com as histórias que vocês contavam.

Ele suspirou, e foi sua vez de cruzar os dedos.

– Ando pensando nisso também. Apesar de sua filha não demonstrar a mesma força de Samantha nessa fase, ela é um supersoldado. E deveria ter te proporcionado bem mais do que umas costelas fissuradas.

Revirei os olhos.

– Já disse que não foi culpa dela – afirmei, impaciente.

– Se é o caso, mais mistério ainda.

– Ela não poderia ter me passado alguns genes? – senti o rosto corar pela ingenuidade da pergunta, ainda mais quando Robert sorriu.

– Não acredito. Isso nunca aconteceu.

– Nunca vamos ficar sabendo, então?

– Não sei. Eu tenho uma suspeita, mas para comprová-la, teria que pesquisar o passado de sua família.

Foi a minha vez de arregalar os olhos.

– Como assim? Posso ter algum antepasssado que tenha sido supersoldado?

– É uma possibilidade. Seus parentes paternos não vieram da Alemanha? Quem sabe.

Quase ri com a ideia.

– Mas é uma teoria a ser testada outra hora – ele alegou numa clara dispensa.

– Certo. Quem sabe um dia descobriremos. – Levantei e caminhei para a porta, mas parei antes de sair. – Como Ralf fará para controlar todos os outros?

Robert voltou a erguer os olhos do computador que acabara de religar.

– Ele deixou correr a notícia de que somos intocáveis. Se alguém tentar algo, assinará sua sentença de morte. Não acredito que valemos todo esse risco.

Minha intuição feminina queria muito acreditar naquilo.

22
TUDO OU NADA

Quando as reformas da nossa casa ficaram prontas, todas as tardes Alex e eu íamos até lá para pintar as paredes. Algumas vezes levávamos Bettina, outras a deixávamos com Silvia e Ema na casa da praia, como começamos a chamar o novo lar dos Gheler. Só que quando não a levávamos, o serviço simplesmente não rendia. Nessas ocasiões, decidíamos que não havia pressa em mudar.

Numa segunda-feira de manhã, Alex saiu cedo com o iate, rumo a Santos, onde se encontraria com Cássio, que estava trazendo encomendas de Silvia para a casa da praia. Recusei-me a ir junto, querendo terminar a pátina que me propusera a fazer na sala de nossa casa, e assim podermos mudar naquela semana. Como faltavam poucas paredes, almocei na casa de Silvia e só à tarde me dirigi ao sobrado com Bettina e toda a sua bagagem.

Bettina, agora com cinco meses, estava cada vez mais parecida comigo e parecia entender que eu não podia lhe dar atenção o tempo todo. Dessa forma, passou a tarde acordada e brincando com o móbile do tapete infantil que eu estendera para ela na sala. Entregou-se ao sono somente ao anoitecer, depois de uma refeição reforçada de papinha e frutas. Pensei em levá-la à casa de Silvia, mas estava empolgada em terminar meu serviço e surpreender Alex.

Levei Bettina ao ático onde Alex instalara um berço de madeira maciça que encomendara para ela. Teria preferido deixá-la em um dos quartos no andar de baixo, mas Alex havia deixado o berço ali por causa do cheiro de tinta dos dias anteriores. E era pesado demais para que eu o carregasse.

Com a certeza de que minha filha não acordaria pelas próximas duas horas, voltei à sala e deixei o receptor da babá eletrônica ligado no último volume, ao pé da escada. Voltei a trabalhar com vigor, tão absorta nas cores e imaginando como os móveis que havia escolhido casariam com elas, que só percebi que tinha companhia quando ela já havia invadido a casa.

– Ora! Ora! Se não é a imortal Laura.

Meu sangue gelou ao reconhecer a voz irônica. Virei-me devagar em direção à visitante. O rolo de pintura apertado em minhas mãos.

– Melissa! Jamais imaginaria vê-la por aqui.

O tom sarcástico da minha voz e a calma aparente não combinavam com o horror que se passava em meu íntimo.

— Acredite, não queria estar aqui. – Ela conferia a pintura das paredes com desdém.

— Por que veio?

Antes que ela respondesse, um rapaz musculoso entrou na sala e parou ao lado da porta, me fazendo engolir em seco. Tinha traços faciais semelhantes aos de Melissa, mas era evidente que se tratava de um supersoldado.

— Esperava encontrá-la assim. Vulnerável.

— Então por que trouxe o guarda-costas?

— Ele não é um guarda-costas. É meu irmão. Adrian. Costumamos trabalhar em família.

Adrian não moveu um músculo em sinal de reconhecimento a esse fato, como teria sido educado numa apresentação normal.

— Sabe o que é isso, Laura? Família? É claro que não! Não pensou duas vezes antes de abandonar a sua.

Em outra ocasião, o comentário teria feito meu sangue ferver, e estaria pronta para dar um soco naquela boca nojenta. Mas minha preocupação no momento era ficar calma e manter Melissa concentrada em mim, na esperança de que ela não reparasse na babá eletrônica ao pé da escada.

— Culpada confessa. Em que posso ajudá-la?

— Você? Fazer alguma coisa por mim? Era só o que faltava!

— Veio procurar o Guilherme? Ele não está aqui.

— Guilherme? – ela riu. – Guilherme é um fraco. Mesmo depois de tudo o que eu e meu pai fizemos por ele, ficou ao seu lado. Quem precisa disso?

– Ele não é fraco. Se o conhecesse bem não diria isso.

– Opinião sua. Não me interessa mais.

Estava cansando do jogo. Onde estaria Alex? Algo me dizia que Melissa não me deixaria pegar o celular para ligar para ele e perguntar.

– O que quer, Melissa?

– Viemos buscar uma coisa para o meu pai. Ele acha que é o mínimo depois de tudo o que você fez a ele...

– Seu pai? Quem é o seu pai? – perguntei confusa.

Ela riu de prazer.

– Sempre a última a saber. Joseph é meu pai. É! – ela reforçou quando meu queixo caiu. – Aquele homem que você destruiu. E agora vou ajudá-lo a se vingar de você e de toda aquela família de traidores.

Ela falava sério. Enlouquecidamente sério.

– Tudo bem. O que vocês querem? Que os leve à casa dos Gheler? Vamos lá! – disse, me dirigindo decidida para a porta. Precisava fazer qualquer coisa para tirá-los de lá, mas o irmão de Melissa impediu minha passagem.

– O que queremos está aqui. Não se faça de idiota.

Minhas pernas vacilaram.

– Não leio pensamentos. Seja direta, por favor.

Enquanto dizia isso, me posicionei ao pé da escada. Faria o impossível para impedi-los de subir.

– Pois então vou lhe dizer. – Melissa parou a menos de dois metros de mim, enquanto apontava em direção ao alto da escada. – Quero o inocente bebezinho que você deixou no sótão.

Arfei. Devia fazer horas que estavam me vigiando.

– Precisa me matar antes.

– Não será nenhum sacrifício.

Adrian se mexeu em minha direção, mas Melissa o deteve com um gesto de mão.

– Não, Adrian. Faço questão. Faz anos que ela me deve.

Melissa começou a me cercar como uma pantera prestes a saltar. Apesar de acompanhar seus movimentos, não saí do lugar. Assim que abrisse a guarda, Adrian subiria para pegar Bettina.

O medo que sentia foi substituído por determinação em salvar minha filha. Quando Melissa acertou o primeiro soco em meu queixo, o combustível que faltava para acordar minha raiva se manifestou – adrenalina.

Desviei-me do segundo soco, ao mesmo tempo em que imobilizava seu braço no ar. Provando que as aulas de defesa pessoal não foram um total desperdício no final das contas, torci o braço dela para trás, em direção às suas costas. Melissa, como autodefesa pela dor, acompanhou o movimento, ficando de costas para mim, na posição exata para que eu acertasse um soco na altura de seu rim direito.

Melissa arfou e caiu de joelhos no chão. Sem sentir a mínima piedade, peguei-a pelos volumosos e impecáveis cabelos, e bati seu rosto com toda a força contra a parede.

Esses movimentos demoraram segundos, mas enquanto eu chegava a estar decepcionada pela fragilidade da minha adversária, também esperava a qualquer momento ser estraçalhada por Adrian, que ainda assistia a tudo impassível.

Um ruído agourento de trituração me avisou de que o nariz de Melissa estava quebrado. Ela levou com dificuldade as mãos ao rosto, tentando estancar o sangue que saía como uma cascata de seu nariz. Soltei-a, sabendo que ela não seria idiota de tentar lutar comigo de novo. Mas, nesse momento ela olhou para o irmão, e fez um sinal de positivo com a cabeça.

Adrian não andou, ele voou para cima de mim.

Não foi bem um soco, pareceu mais um tapa. Seja lá como foi, o golpe que ele aplicou em meu peito me fez voar uns cinco metros pela sala, onde só parei depois de bater a nuca com toda a força contra a parede, antes de cair de cara no chão. Apesar da violência do golpe, levantei com facilidade do chão, surpreendendo a mim e a meus opositores por ainda estar viva.

Neste momento, talvez pelo estrondo causado pelo meu corpo batendo na parede de concreto, Bettina começou a berrar a plenos pulmões pela babá eletrônica. Todos os meus sentidos entraram em alerta. Adrian veio de novo em minha direção, e apesar de, no íntimo, ter a certeza de que poderia reagir a seu golpe, temi e não fui ágil o suficiente para me esquivar do soco no estômago. Caí de joelhos, sem ar, enquanto minha garganta era obstruída por sangue. Pelo olhar turvo, só conseguia enxergar os sapatos de Adrian. Cansada, fechei os olhos, à espera do golpe final, rezando para que fossem piedosos com Bettina.

– Acho que não, Adrian.

Admirada, abri os olhos a tempo de presenciar Guilherme saltando para cima de Adrian, tão surpreso com a nova visita como eu e Melissa. Sem reação, assisti aos dois trocarem golpes violentos, numa luta de igual para igual. Em um lance de sorte, Guilherme conseguiu imobilizar precariamente o supersoldado pelo pescoço.

– Laura! – ele gritou, tirando-me do estupor.

Seu olhar relanceou pelas escadas, onde o choro de Bettina continuava a propagar. No mesmo instante em que me dirigi a elas, Adrian reverteu o golpe e jogou Guilherme contra a parede, fazendo-o cavar um buraco com suas costas. Estava no terceiro degrau quando Adrian segurou meu pé, fazendo-me perder o equilíbrio. Sem pensar, por puro reflexo, virei-me de frente pra ele e, com a perna livre, chutei seu peito, fazendo-o voar até a porta de entrada, onde caiu num estrondo. Mesmo livre, esqueci para onde estava indo, abismada pelo que havia acabado de fazer. Guilherme, Adrian e Melissa refletiam minha surpresa, boquiabertos.

Ignorando momentaneamente o ocorrido, voltei a subir as escadas, tendo como última visão da sala Guilherme e Adrian se engalfinhando de novo, enquanto Melissa corria porta afora.

A adrenalina em salvar minha filha me fez ignorar o sinal de que havia mais coisas erradas, entre elas a luz do átrio acesa.

– Bettina! – gritei, antes mesmo de entrar no cômodo.

Levei um segundo para entender a cena.

Havia um homem no quarto, parado próximo à janela. Seu rosto demonstrava ira enquanto me encarava. Nas mãos, uma arma apontada na direção de Bettina. Ela parara de chorar assim que escutara minha voz, e agora estava sentada no berço, a menos de três metros do estranho.

– Não se aproxime! – ele ordenou em inglês. Meus instintos gritavam que não se tratava de um supersoldado.

– Quem é você? O que quer? – perguntei, esforçando-me para falar num inglês claro, apesar do estresse.

– Você acabou comigo!

– Joseph! – a compreensão aumentou meus temores. – Por quê?

– Você tem coragem de perguntar por quê? É dissimulada a esse ponto?

– Não sou dissimulada. Sou só uma mãe desesperada que quer ser deixada em paz. Por que não pode me dar isso? Por que veio até aqui?

– Vingança. A eles. A você!

Sua voz era fria. Não demonstrava preocupação pelos filhos brigando em seu nome.

– Ótimo! Se vingue! Vamos lá pra fora! Atire em mim! Mas deixe minha filha em paz!

– Ela dará um ótimo soldado. Linda, como toda soldado deve ser – seu olhar mudou de ira para admiração. Estava delirando.

– Por favor, Joseph! Olhe pra mim.

– Minha filha com Silvia também seria linda assim.

Estava disposta a me ajoelhar, chorar, implorar. Mas poderia instigá-lo ainda mais.

– Estou mandando você olhar pra mim! – exigi, firme, e consegui sua total atenção. – Matá-la não vai satisfazê-lo – tentei controlar a voz para não gritar. – Você é pai, Joseph, e, nesse momento, seus filhos está lá embaixo lutando por você. Salve-os e deixe a minha filha em paz.

– Meus filhos sabem se proteger e perderam tanto quanto eu. Já os decepcionei demais. Não posso e não vou desistir agora.

– Ótimo! Você quer vingança, me mate! Isso vai destruir Alex e de quebra a sua família. De bônus você se livra de mim. Não precisa matar uma criança. Você não é assim.

Joseph olhou de novo para Bettina, medindo minhas palavras. Desejava me colocar entre ela e a arma, mas temia que um movimento brusco o fizesse disparar. Não chegaria a tempo, apesar de me aproximar pouco a pouco dele, enquanto falava.

– Você tem razão. Depois que todos estiverem mortos, a levarei e a criarei como minha filha. Ela será uma máquina. Será a melhor vingança que eu terei.

Dito isso, Joseph apontou a arma em minha direção e disparou.

Minha reação foi instantânea. Senti o projétil me atingindo no peito, mas não parei, empurrando Joseph com toda a força em direção à janela às suas costas. Despencamos abraçados de oito metros de altura. O corpo de Joseph bateu com as costas no chão, amortecendo minha queda.

Não precisava olhar para saber que ele estava morto.

– Laura! Laura! – A voz de Alex parecia música em meus ouvidos.

Eu não queria abrir os olhos. Queria dormir. Mas meu descanso precisava esperar. Tinha alguma coisa para falar com ele, mas estava difícil lembrar o que era.

Alex me separou com delicadeza do abraço mortal de Joseph.

– Oh! Meu Deus! Acorde, Laura! – ele gritou.

– Eu... Eu estou bem – estava difícil falar. Havia mais sangue na minha boca.

– Você levou um tiro! Tem de ficar consciente! – meu marido estava apavorado.

– Onde está Bettina? – Cássio perguntou.

– Ajude... Ajude o Guilherme, Cássio... Sala...

Cássio saiu correndo, e Alex virou meu rosto de lado para que cuspisse o sangue da boca.

– Onde dói, Laura? Não! Você não pode dormir!

Estava difícil manter a mente alerta.

– Bettina... Sótão...

Alex olhou na direção da janela de onde eu voara, finalmente parecendo escutar o choro desesperado de Bettina. Parecia dividido.

– Por favor, Alex... Pegue a nossa filha. – Queria gritar com ele, mas minha voz parecia um sussurro. – Há soldados na casa... Eles... Eles podem matá-la.

Aquilo o fez agir.

– Já volto – prometeu, colocando-me delicadamente no chão, antes de disparar para a casa.

Lutei para evitar a inconsciência. Queria ter certeza de que Bettina estava bem antes de descansar, afinal, que tipo de mãe eu seria se fraquejasse?

Depois do que pareceu uma eternidade, mas que mais tarde viria a saber que foram menos de dois minutos, Alex reapareceu com Bettina segura em seus braços, ladeado por Cássio e Guilherme. Se não fosse pelas roupas amarrotadas, jamais diria que Guilherme havia acabado de sair de uma luta mortal com um supersoldado.

A julgar pelo seu olhar desesperado em minha direção, eu devia estar péssima, mas não havia mais dor.

Alex passou Bettina para os braços de Cássio, antes de se abaixar e falar próximo ao meu rosto, enquanto acariciava meus cabelos.

– Ela está bem.

– Obrigada – foi tudo o que consegui dizer, antes de ser envolvida pela escuridão que, teimosa, me acompanhava nas aventuras com a família Gheler.

23

DEFINITIVO

Quantas vezes ainda recobraria a consciência com aquele *bip, bip, bip* constante? Por quanto tempo meu corpo aguentaria sofrer ferimentos cada vez mais dolorosos?

Não senti vontade de abrir os olhos. Mesmo assim, sabia que era dia e que, como a cama não balançava suave, não estávamos no iate. Fora o bip, bip irritante, outro som quebrava o silêncio reconfortante. Uma respiração pesada indicava haver alguém dormindo próximo a mim.

Respirei fundo e ignorei a letargia para colocar um sorriso nos lábios antes de encarar Alex. Mas o sorriso congelou no meu rosto quando, em vez dos cabelos escuros do meu marido, havia uma vasta cabeleireira loira, descansando na beirada da minha cama.

Outra sensação tomou conta de mim: ternura.

Eu amava Guilherme. Não na intensidade que havia amado no passado, mas isso não me impedia de ter sentimentos fortes por ele, ainda mais depois de ele ter me ajudado a salvar Bettina.

Desviei os olhos para esquadrinhar e reconhecer o cômodo em que estava. Um dos quartos da casa da praia. Os equipamentos médicos do iate haviam sido transferidos para lá.

Queria levantar e conferir com meus próprios olhos se Bettina estava bem, mas não tinha certeza se poderia fazê-lo sem ajuda. Também não queria acordar Guilherme.

Fora a tontura, me sentia bem. Mesmo assim tinha os dois braços engessados, além de uma perna. Havia uma agulha enfiada nas costas de minha mão esquerda, por onde dois líquidos eram introduzidos. Por baixo da camisola branca de algodão – uma das mais sem graça que eu tinha – a ponta de um grande curativo branco se destacava. Pelo desconforto que sentia no peito, devia estar enfaixada.

Estava verificando se haveria uma alavanca para me erguer um pouco mais na cama, quando Guilherme abriu seus olhos verdes e me encarou.

– Louca para fugir? – questionou, bem-humorado.

– Quero ver Bettina. O que está fazendo aqui?

– Montando guarda. Alex acreditou que você tentaria fugir da cama se acordasse sozinha, e ele tinha razão. Então me ofereci, enquanto todos estão ocupados.

– Há quanto tempo estou desacordada? – perguntei casual, enquanto examinava o gesso dos meus braços.

– Uma semana.

Em outra época aquela informação me surpreenderia, agora, porém...

– Fui sedada.

– Não tive nada a ver com isso, mas, se era o melhor pra você, concordo.

Encarei Guilherme, lembrando que ele também poderia ter se machucado.

– Você está bem?

Ele sorriu.

– Estou ótimo. Aquele Adrian era peixe pequeno para mim. Muito técnico. Não tinha a agilidade adquirida pelos moradores do interior.

Comecei a rir e gemi de dor.

– Você não está em condições de se mexer.

Guilherme se levantou e me obrigou a deitar sobre os travesseiros.

– Não se preocupe – eu disse, passando a mão por seu rosto para acalmá-lo. Acabou sendo um gesto desajeitado, pela rigidez do gesso. – Estou bem mesmo. Mas você me deve explicações.

Seu rosto se tornou triste.

– Fiz besteira, não é?

– Não sei bem o que você fez, mas lembrando da forma como lutou com Adrian, não é difícil deduzir que realmente fez algo.

Ele suspirou e encostou-se à cadeira.

– Quando Melissa me apresentou para seu pai, ele me fez uma proposta tentadora. Estava tão obcecado pelo fato de você ter me trocado por Alex, que acreditei ser aquele o caminho para reconquistá-la.

Era óbvio o que havia acontecido.

– Você se transformou em um supersoldado para competir com Alex – afirmei.

– Sim. Na época pareceu um presente bom demais para ser recusado. Mas o preço foi amargo.

– Ter Melissa pegando no seu pé?

– Sim. Além de ter perdido você em definitivo.

Ficamos em silêncio, nos encarando por alguns segundos.

– Eu amo você, Guilherme. Não do modo que merece, mas, mesmo assim, amo. Você nunca vai me perder.

– Eu sei disso. – Ele se inclinou e me beijou de leve na testa. – Também amo você.

Sorrimos um para o outro, e ele se sentou.

– Foi muito dolorida? A transformação?

Ele assobiou.

– Não recomendo a ninguém. Mas ajudou a salvar você e Bettina, então, passaria por tudo de novo, se fosse preciso.

Acreditei nele.

Alex abriu a porta do quarto, e a expressão do seu rosto me aborreceu. Não demonstrava absolutamente nada. Nem alegria por me ver acordada, nem raiva por ter flagrado Guilherme fazendo um carinho – mesmo que de amizade – em minha mão.

Nada. Só a velha expressão indecifrável que há anos me agoniava.

– Pode ir almoçar, Guilherme. Assumo de agora em diante – ele disse, seco.

Guilherme ergueu uma sobrancelha cética pra mim, antes de me dar um beijo no rosto e sair sem dizer nada.

Alex esperou ele fechar a porta, antes de falar.

– Não é porque agora ele tem livre acesso à nossa casa, que vai poder voltar a se insinuar para você.

– Estou bem, obrigada, Alex – afirmei irritada. – Quero ver Bettina.

Ele me olhou assustado.

– Desculpe, amor! Não é fácil aguentar calado a concorrência.

Rolei os olhos.

– Como você está? – ele perguntou, passando a mão pela minha testa. – Está com fome? Sentindo dor?

– Estou bem, depois de outro coma involuntário.

– Antes que tente me amaldiçoar, acredite, foi melhor pra você – ele falava sério.

– Qual foi o estrago dessa vez?

Alex verificou calmamente o conteúdo do soro antes de responder.

– Fratura na perna esquerda e nos dois braços, fissuras na base do crânio e em algumas costelas, rompimento de baço e um tiro que milagrosamente entrou e saiu pelo ombro sem atingir nenhum órgão vital. Está bom para você ou quer mais?

Ele parecia mais irritado agora do que há minutos atrás, quando se estressara com Guilherme.

– E por que eu me sinto tão bem?

– Porque está dopada de tantos remédios para dor.
– Hmmm. Tenho previsão de alta?
– Se dependesse de mim, não no próximo mês. Mas Robert disse que seu corpo está se recuperando com rapidez e não há mais necessidade de tantos cuidados.

Recordei o momento em que fizera Adrian voar pela sala com um chute no peito.

– Estou virando um supersoldado? – perguntei esperançosa.

– É possível – ele suspirou cansado.

– Você fala como se fosse uma coisa ruim.

– Não ruim, mas assustadora. – Ele sentou-se na beirada da cama e segurou minha mão. – Robert colheu seu material genético e está fazendo mil e um testes. Enquanto não descobrir o que você tem de diferente, vai usá-la de cobaia.

– Não me importo. Mas nunca tive nada de diferente. Sempre fui comum e, até o momento que invadiram nossa casa, nunca tive mais força do que o normal.

– Eu sei. Mas preciso que prometa que nunca mais irá sair pulando por janelas de sótão.

– Prometo. Não foi uma experiência empolgante. Como está nossa filha?

– Maravilhosa. Dormindo agora.

– Chegaram a machucá-la?

Um tremor involuntário passou pelo corpo dele.

– Não. Joseph foi quem chegou mais perto. O outro herói da vez, Guilherme – ele fez cara de desgosto –, nocauteou o tal de Adrian.

– Eles estão mortos?

– Somente Joseph. Uma comissão do Laboratório veio buscá-lo para inventar uma morte decente a tão grande personalidade política americana. Melissa e Adrian foram levados juntos.

– Melissa não fugiu?

– Cássio a encontrou vagando por perto. Estava desnorteada pela surra que levou de você. – Ele não parecia orgulhoso do meu desempenho.

– O que vai acontecer com eles?

– Prefiro não saber. Não é mais da nossa conta.

Um silêncio constrangedor se instalou no quarto.

– Por que está tão sério? Aconteceu mais alguma coisa?

– Não.

– Então...?

Ele suspirou exasperado.

– Então olha como você está! Não devia ter deixado vocês sozinhas. Eu tinha de estar lá, Laura!

– Como você poderia adivinhar? Não era para estarmos seguros? Você não tinha como saber.

– Abri a guarda, mas prometo que nunca mais vou fazer isso.

– Ele está morto. Joseph não vai mais nos incomodar.

– Espero que tenha razão.

Ele não acreditava naquilo.

– Não tenho direito a um beijo?

Ele sorriu exasperado e se aproximou, mas seu beijo estava longe de ser entusiasmado.

— Alex — sussurrei, seu rosto a poucos centímetros do meu —, se não se esforçar um pouco, vou ter de apelar à concorrência.

Funcionou. Ele transformou seu ciúme em estímulo e me beijou até me fazer ofegar.

— Melhor assim? — perguntou convencido.

— Uhum.

— Vou trazer a Bettina para você ver.

— Ela está dormindo. Posso esperar mais um pouco. — Ergui os braços enfaixados. — Pode se abaixar de novo? Não estou satisfeita.

— Está toda quebrada e levou um tiro há apenas uma semana. Não pode estar tão disposta assim.

— Isso eu decido — afirmei, antes de nossos lábios se encontrarem novamente.

SETE MESES DEPOIS...

Para comemorar o primeiro aniversário de Bettina, preparamos uma festa simples no quintal de nosso sobrado. A decoração escolhida por Samantha remontava o mundo da Pequena Sereia.

Enquanto auxiliava Silvia e Ema na cozinha – mesmo sendo mãe e esposa, continuava péssima cozinheira –, Samantha coordenava os homens da casa na colocação da decoração, sendo Guilherme seu ajudante mais entusiasmado.

Guilherme. Ele e Cássio haviam se tornado amigos inseparáveis. Cássio ainda se associara a Guilherme em negócios relacionados ao haras pelo mundo. Viajavam juntos, e Cássio ensinava ao novo pupilo o caminho da perdição feminina mundial.

Bettina, em sua hiperatividade habitual, andava de um lado a outro da casa, sempre acompanhada pelo olhar incansável do pai. Volta e meia chamava a atenção de algum convidado para falar suas palavras preferidas: papai, mamãe, quero e não. Não necessariamente nessa ordem.

Com Joseph definitivamente fora do páreo, e Ralf na presidência das organizações relacionadas ao Laboratório, nossa vida tornou-se uma rotina bem-vinda. A única coisa que impedia a perfeição era a distância forçada da minha família. Continuava acompanhando a vida deles, agora com a ajuda de Guilherme, que sempre os visitava quando ia a Dois Vizinhos.

– Está na hora! – gritou Silvia. – Vamos nos sentar para almoçar.

Todos obedeceram, sentando-se na grande mesa de madeira arrumada em nosso quintal com vista para a lagoa. Enquanto todos se fartavam com as delícias preparadas por minha sogra, agradeci em silêncio por tudo o que eu tinha.

À minha frente, do lado esquerdo, Silvia estava entretida contando a Robert como o restaurante da beira de praia que ela havia aberto com Ema estava cada vez mais movimentado, e que elas pensavam em ampliá-lo. Robert, por sua vez, não participava desse empreendimento, por estar diariamente lecionando na mesma faculdade onde Luís cursava Medicina. Ele estava sentado ao lado de Robert, e contava alguma coisa engraçada a Ema, sentada na ponta oposta a mim.

Era engraçado olhar para Ema e compará-la com Silvia. Eram iguais, com o mesmo tom de pele, os mesmos olhos e os mesmos cabelos. E como se a herança genética tivesse a obrigatoriedade de continuar, havia Samantha, tão parecida com a mãe quanto com a avó. Ela tinha apenas sete anos, mas conversava como adulta com Guilherme, seu mais novo melhor amigo. Cássio gostava de provocar Luís dizendo que Guilherme só estava esperando Samantha crescer para se casar com ela, o que Luís respondia com grunhidos ameaçadores.

Cássio, por sua vez, havia decidido que a vida de restrições – entenda-se a de casados – que seus irmãos levavam não servia para ele. Preferia usar seus músculos perfeitos e seus hipnotizantes olhos azuis para somente conquistar, nunca desbravar. Sentado ao lado de Guilherme, Cássio havia colocado Bettina sentada na mesa à sua frente e tentava convencê-la a falar seu nome.

– Preste atenção, Bettina. É tio Cás-si-o.

– Papai – ela remendava em seguida.

– Não. Cássio. Tio Cássio.

– Mamãe – ela dizia e se matava de rir da cara de frustração dele.

Suspirei de antecipação e olhei para aquele que era a razão da minha vida: Alex. Ele estava feliz, empolgado com seu escritório on-line, o qual, apesar dos poucos meses de funcionamento, estava virando referência. Naquele momento parecia um Adônis moreno, conversando animado com Daniel e Amanda, que comemoravam, além do aniversário da afilhada, a notícia da chegada do primeiro filho.

Se meus pais e irmãos estivessem ali, seria perfeito. Fazia dias que eu estava maquinando ideias a esse respeito. Os últimos meses haviam sido de calmaria, antes nunca vista, desde que me unira aos Gheler. Eles não correriam perigo por estarem próximos a mim. Quem sabe...

Alex captou meu olhar para ele, como acontecia desde a primeira vez que nos vimos e nos apaixonamos à primeira vista.

– O que tanto pensa? – ele perguntou, segurando minha mão direita e a levando aos lábios.

– Estou com algumas ideias. Talvez venha a pedir algo a você.

– O que quiser.

Abri um sorriso escandalosamente feliz.

– Alex! Amo você demais para ser verdade.

– Laura! Amo você demais para não ser verdade.

O beijo que trocamos comprovou a mais pura realidade.

Saiba mais, dê sua opinião:

Conheça - www.talentosdaliteratura.com.br
Leia - www.novoseculo.com.br/blog

Curta - /TalentosLiteraturaBrasileira

Siga - @talentoslitbr

Assista - /EditoraNovoSeculo

novo século®